生命中的
美好陪伴

生命中的美好陪伴

看不見的單親爸爸與亞斯伯格兒子

增訂版

文・黃建興　圖・邱顯洵
企劃／整稿・顏惟親

目錄

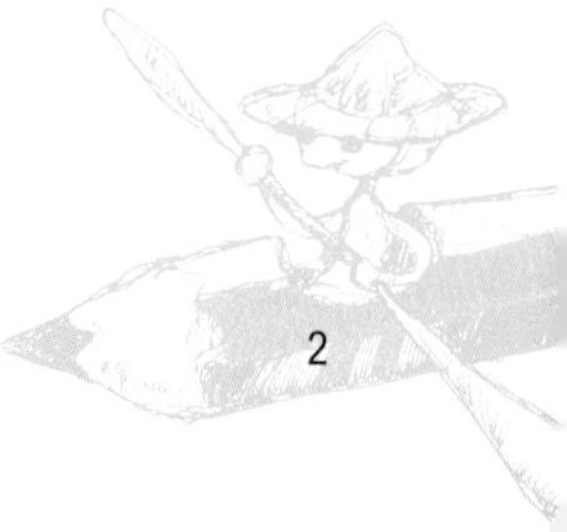

第二章　踏上不協調的路

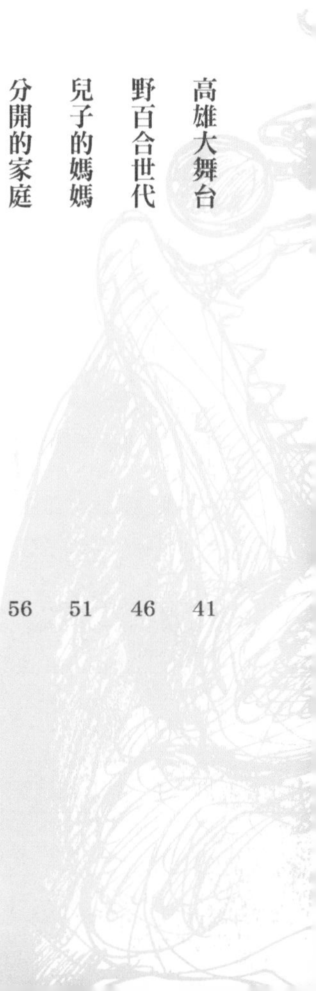

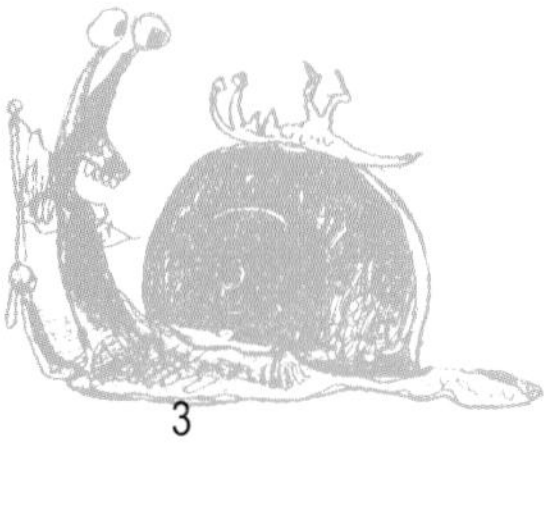

第三章　攀岩般的小提琴

第四章　每日練習曲

【推薦序】

在寒冷的黑暗中，看見希望之光的力量

英國的校園酒吧，我遇見了年少的Jason，一身漆黑的他身上掛滿了叮噹作響的龐克金屬配件，凌亂的波浪長髮後躲著隱隱發亮的耳環，「這個混酒吧的亞洲人是玩搖滾樂的吧！」我心想。直到有一次，他出現在一個台灣同學的聚會裡，我才知道他是研究亞洲政治的黃建興。

那時候的他「很熱血」、「很歡樂」，總在思考怎麼解救台灣，似乎一腳就想踩破地球。他還曾經開了一百多公里的車後才發現在機場接到的女孩，不是我們奉命接待的新學妹，在那個沒有手機的年代，我們選擇將錯就錯，一起逃到希臘去玩耍。

Jason，也只有他那麼「槌」，敢沒有簽證就隨我跨國出遊，「無懼挑戰、充滿好奇而且總能正面思考的他」果然如預期被薩隆尼基（Thessaloniki）海關拘留，直到聯絡上我那「夠力」的希臘朋友來交涉處理才被釋放。最終，希臘的天空與愛琴海的浪漫，也熱情的回報他這個天真的冒險家！

雖然我一直相信他的政治分析與判斷，也渴望看到有這種特質的政治人物，但我並不支持Jason以政治為職業，因為現實的政治社會不配擁有他。我看過太多他對待殘酷的溫柔，在視力喪失最需要關懷的時候，他溫柔的不想成為別人的負擔；在經營法國餐廳最辛苦的時候，他總是

用生意不好、昂貴的食材壞掉可惜為藉口，溫柔的為平常消費不起的朋友舉行免費派對。

Jason 一貫用輕鬆的玩笑描述生活的困擾。那時候的他經濟困難，眼疾纏身，被亞斯伯格兒操練得疲憊不堪。在飽經現實無情後，熱情的他為了圓原住民小朋友的小提琴夢，仍不怕辛苦的四處張羅贊助經費，溫柔的對他們伸出援手。

他說，被「付出而沒有回報的不甘」困住；或只看見付出，卻看不見付出時的快樂，是我們慣有的愚，「等到我眼睛看不到，我真正開始不協調，開始痛苦，那時對孩子的陪伴，我卻得到了最珍貴的、奢華的幸福」！

真想擁有他這種在寒冷的黑暗中看見希望之光的力量。

生命中的美好陪伴，讀起來溫暖又令人心疼，他提醒了我珍惜付出的過程，享受與汗水伴隨而來的喜悅，不要陷入期望被肯定的陷阱中。原來，這種心理素質是繼續熱情、享受浪漫的根本要件。

Jason，謝謝你！

永豐金控 策略長

張晉源

【推薦序】

活下去就有答案，走下去就有希望！

建興是我先生投入選戰以來，我所認識的新朋友之一。

第一次對這名字有印象，是某天先生對選戰策略舉棋不定時，先生突然冒出一句：我去問問顧問的意見看看（指建興，在那之前我全然不知他是誰，乍聽先生這麼說，只覺得這個人應該很行吧）！後來在某個朋友聚會場合，才和他正式打照面，第一眼看到他，咦！在室內也戴個大墨鏡，活像個黑幫老大，這人的打扮可真時髦喔！後來由朋友那裡才輾轉得知他有嚴重眼疾，不得不如此打扮，不過自己是個醫生，周遭的朋友有很多是有重大疾病的，當下就覺得他只是一個有殘障手冊的病人而已！

對他有更進一步認識，是有一次我們南下參加一個活動，途中兩人聊了開來。

呀！我們都有一個亞斯伯格症的兒子，不過感覺上他似乎比我更「悽慘」：眼睛幾乎看不見、中年離婚、事業不順、兒子屬於情緒會突然爆發的亞斯伯格症類型……但聽他對兒子 Wayne 的仔細觀察、用心付出，我開始覺得 Wayne 是幸福的，幸福到讓人忌妒的地步，他要感謝有這樣的父親。甚至整個社會也該謝謝他，有這樣的父親，亞斯伯格症的患者在愛心與包容的陪伴下，終究可以找到自己的一片天。

仔細讀完這本書，我當下對建興的結論是：他是一個眼盲心不盲的父親，這本書他「用心」道出一位父親「用心」陪伴家中亞斯兒的辛酸過程，著實令我這個長期看診亞斯患者的醫生動容不已！

看他描述Wayne年幼時，會用「撞頭」和人溝通；會在百貨公司滿地打滾抒發情緒；有著固執、堅持不妥協的生活習慣與品味；家長不好意思帶他參加社交場合等等場景。讓我也不自覺掉入兒子小時候，我和他互動的時光隧道中！

不過建興最令我佩服的地方是，後來的他，行有餘力，不只關照自己的孩子，也和其他亞斯患者的家屬共同成立希望教室，利用暑假開辦音樂、美術、旅遊夏令營，幫助更多亞斯兒走入人群中，我在他的身上，看到了「幼吾幼，以及人之幼」的偉大情操！

這本書對家中有亞斯患者的父母、不幸中年失業的男子、身體有殘疾的老爸、或莫名失婚的單親父母，都是最好的啟發與鼓勵！此外，建議亞斯患者的醫師，甚至對社會有著一點關心的路人甲，都撥空細細閱讀這本書：不管你的人生遇到了什麼，活下去就有答案，走下去就有希望！

我先生此刻正面臨人生一場艱苦的選戰，希望與他、以及所有支持他的朋友分享這本書所彰顯的精神，共勉之！

臺北市立聯合醫院和平婦幼院區 小兒科主治醫師

陳佩琪

【共同推薦】給每一位獨一無二的父母親

認識建興超過十五年，看到他一路經歷結婚、離婚、亞斯伯格症的兒子、幾乎喪失視力的眼疾……接踵而來的挫折，他卻有令我不可思議的豁達。人生不如意事十之八九，遇到這些看似令人絕望之事，有的人怨天尤人，自暴自棄，但建興一路走來，親身見證他如何把苦難化為祝福。

本書值得細細品味。建興，你是最棒的！

臺北市電腦公會總幹事

雖然只經歷過就學、就業、創業，但這些階段中都有很重要的人生導師，我想應該也是另一種陪伴者的角色。所以我相信每個人在不同的生命階段中，可能都有自己認為的陪伴者陪伴，同時也是一種需要與被需要的過程。

在這本書中，你可以從不同時間序列中的故事，看到延續熱情的感動與行動……

（長大後的亞斯伯格症小孩後續，令人期待！）

Sola Media 媒體製作公司董事長　王儷潔

從 **Wayne** 爸爸的文字中我又再次回顧陪亞斯兒子成長的過程。為了方便掌控，在兒子拒學過程中，車禍斷腿的我也是每天搭乘計程車跟國中兒子上學，只為了讓變數降到最低。曾讓我們束手無策的無奈挫折，經常是強迫我們轉身面對陽光的契機。

《當H花媽遇到AS孩子》　花媽卓惠珠

無論基於什麼樣的閱讀觀點，這本小書都可能成為對生活在當代畸變世界的人們，有著振聾發聵之效的獨特警醒。特別是，我們都可能未曾經歷過如此獨特又波折的子女陪伴、與逆境轉化的成長歷程。「回歸簡單」在此成為最大的自我人生挑戰；「實質成長」深化成必然的人生意義與價值焠鍊：平淡卻盈滿真實。

這種帶著藝術性轉化的獨特生活陪伴、分享，自然成為我們今日生命認識的最佳摯友。

國立臺北藝術大學美術學院院長　陳愷璜

有著相同生活經驗的我，很高興好友建興能從與孩子日常的相處中，得到體悟，進而有所知、尋求解決的對策。我相信他已經辦到了！

這是一本好書，我誠摯的推薦給每一位親愛的朋友們，並請持續為自己的孩子祝福，永遠不要吝惜給予愛：因為愛是沒有終點，因為愛是最偉大的力量。

臺北市仁愛國小 101 學年度家長會會長　張智聰

雖然從黃爸爸口中略知「亞斯伯格症」一詞，我們還是經歷過兵荒馬亂的適應期。**Wayne** 喜歡自由揮舞，但或許音樂教室讓他找到共鳴，八年來，他確實明顯變懂事了。

一位幾乎眼盲的爸爸，用自身的體悟陪伴 **Wayne**，在碰撞中找到他們能互相陪伴的模式。《生命中的美好陪伴》是同為父母，及教育線上的我們，值得分享的一本好書。

大象弦樂團團長　張宛[illegible]

人生該是何種況味？人生的選擇題有沒有正解？邀請您與本書中罹患眼疾的單親父親，一同品嚐屬於他的酸、甜、苦、辣、鹹……。

推薦給每一位獨一無二的父母親。

仁愛國小教師

「輕輕撫摸傷口，竟也成為一種樂趣與幸福」——這是位家中有特殊兒的父親，為自己陪伴孩子成長過程及心境轉換所下的註解，淡淡的語氣卻蘊含深深的感動。猶如作者建興藉由揭露自己滿身的瘡疤，經歷無數的衝擊後，所體會到「缺憾中的美好」、「簡單的幸福」一般。讓我們隨著建興樸質的文字，一起來感受這段極有溫度的生命樂章吧！

比漾廣場董事長

黃建興先生是我的好友，為人真誠又負責！特別以一個忙碌的政治人還擔任家長會愛心爸爸，服務更多家長及孩子！拜讀建興的這本書，家有特殊兒已難為，更何況是單親爸爸、自己又深受嚴重眼疾拖累，建興不但越挫越勇，有無比信心＋愛心，在家人的協助下，經歷一段不一樣的磨鍊、剝了一層皮的人生！

這是一本與家長分享的好書！也是一本勵志人心的著作！敬邀大家分享！

臺北市高中學生家長會聯合會總會長

（趙筱瓏）

第一章

陪伴序曲

清晨

從一個輕鬆而沉靜的夢醒來，聽到窗外呼嘯而過的車聲，應該是窗戶的位置從由黑轉白，讓我知道這又是新的一天。我的床邊沒有時鐘，但我知道，現在是早上六點五十分，該起床了。摸到床頭櫃的墨鏡戴上後，走到隔壁房間把熟睡中的兒子挖出被窩，讓眼睛還半闔著的兒子穿上國小的制服，胡亂的吃點早餐。趁著他昏昏沉沉之際，我套上 Hunter 鞋，抓著他踏出家門，冬天的早晨七點半路上還很清冷，只有早餐店冒著熱氣，我帶著孩子加入了行色匆匆的人群中，不情願的邁入了與我們倆平行的世界裡。

趁著孩子還睡眼惺忪、像坨爛泥般靠在身側，我趕快伸手攔計程車。

「到仁愛國小。」和前座的司機說完後，我閉著眼，側耳準備著應對孩子接下來的反應。

「我不要去學校。」兒子說，「我不要去學校。」他又重複了一次。

在心裡嘆了口氣，真想催促司機開得更快一點，快點到校門口。

「不可以不去學校喔。」我說。

「我不要去學校。」兒子的口氣裡已經帶著點躁動。

「等等，快到了，而且很快就放學了。」我壓抑著音量跟孩子說。

「到了，一百四十元。」司機說，我從口袋裡掏出兩張紅色鈔票，再把找零塞回口袋，摸到口袋裡其他紙張、零錢。「得買個鈔票夾了，至少知道哪些是鈔票哪些是發票。」我心裡想。

走進學校，帶著一路沉默不語腳步沉重的兒子走進教室，確定他坐在位子上，看起來沒有太大的情緒波動。然後我邁步走過其他已經開始上課的教室，學校很安靜，只有老師在講台上的聲音。我靜靜走出沒有交通小隊、沒有導護媽媽、沒有吵吵鬧鬧孩子的校門，急急忙忙的趕往公司。

這是我每天早晨的時光，從孩子進小學到畢業，持續了六年。每天我都搭著計程車陪孩子去上課，搭計程車純粹是為了讓事情簡單點，時間縮短一點，環境安靜一點，讓小朋友不會因為外在刺激而崩潰。

至於我為什麼不開車呢？因為我的眼睛看不清楚，即便戴上眼鏡，視力仍不到〇・一，也無法判斷顏色，既看不到路，也很難辨識紅綠燈。為什麼我要這麼寵孩子，不讓他自己搭公車上下課呢？這世界上有很多事情，並不是眼睛看到的那麼理所當然。

第一次見面的陌生人，可能會用以下的形容詞描述我：「男性、黑色短髮、中等身材、四十多歲、和路上走著的其他中年人最大的不同可能是黑色眼鏡」。如果剛認識我，應該很難發現我有一隻眼睛看不見，另一隻眼睛視野模糊。即便我戴著顯眼的黑色墨鏡，對大部份的人來說，那也不具意義。帶著隱形的殘缺，我與兒子生活在喧囂的都市裡。周圍的人從我們身邊匆匆忙忙經過，對他們來說，我們與他人無異，因此他們並不會多停留腳步，給予關注。我與孩子，像是被裝在透明的玻璃瓶裡，與他人雖然站在同一個地方，卻是隔絕的世界。

♥

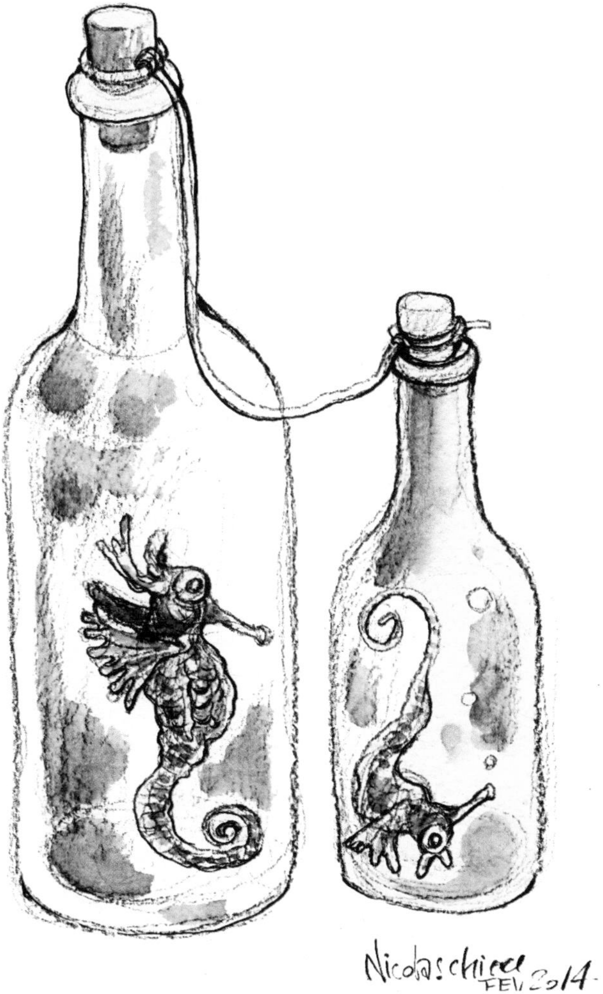

海馬父子

來自肚子裏的心跳

我的兒子在千禧年被醫生從媽媽的肚子裡抱出來，剖腹產的他臍帶繞頸兩圈，但在他開始呼吸後，就像其他足月的孩子一樣很健壯。

在他出生前，我與他的媽媽就已經取好了名字。為孩子取名字是件快樂的事，因為那些在腦中為彼此構思的美好期盼。我知道他是個小男孩後，就喜滋滋地開始想怎麼叫他，有中文的，也有英文的。

隨著預產期接近，我期待的心情多了點緊張，工作時更注意手機的動靜。但是兒子可能沒發現我們的焦急，媽媽的肚皮毫無動靜的過了預產期。再一週後，他的媽媽開始焦慮了，這是我們的第一個孩子，緊張的媽媽決定要住進醫院待產，我也開始下班有空就待在病床邊。

醫院的儀器可以監控小孩的狀況，綁在媽媽肚子上的儀器，連動著孩子的心跳，總是發出緩慢而規律的咚咚聲，讓我安心得昏昏欲睡。

「是我兒子的心跳聲呢。」還沒見面，我卻有了和他已經認識了的錯覺。雖然後來，他折騰了好一陣子，讓原本想自然產的媽媽得挨上一刀才生下他，把我們都搞得緊張兮兮，可是在光線陰暗的雨天，伴隨著孩子的心跳，我陪著他們母子倆，兩人都很安全，這樣的情景，一直帶給我穩定的安心感。

隔著玻璃窗我看著排排睡著的小嬰兒，深刻感受到小孩子生下來就是有媽媽的。每個孩子腳踝都綁著一個小牌子，可愛的寫著某某某的小孩，是媽媽的名字。爸爸，是出院之後才開始培養的角色。在醫院裡，我只是陪著太太，陪著家人趴在玻璃窗指認小孩的社交角色。直到太太出院之後，我才開始學著幫孩子洗澡、換尿布、抱小孩、搖著讓他睡覺。「孩子姓黃，當然要姓黃的照顧啊。」帶著戲謔，他媽媽對我眨眨眼。

我並不在意要照顧孩子，他很小，很可愛，臉頰圓圓肉肉的，看起來很脆弱，需要我的保護，我越照顧他，就越喜愛他。剛開始看著他，想著這小生物，竟然是我的兒子，總讓我覺得不可思議，不太真實，又很開心。孩子開始有力氣了，會亂動了。他開始用手臂把身體撐起來，開始爬來爬去。開始跌倒，開始走路，牙牙學語，發出媽媽爸爸的音，我把這些記錄在我的V8裡，充滿喜悅。他不太吵鬧，是很好帶的小嬰兒。比較起其他同事的恐怖經驗談，我覺得我是個很幸運的爸爸。我對未來的想像，開始加入兒子的規劃，我想教他騎腳踏車，我想要和他一起玩棒球，推薦他我喜歡的書和電影，和他討論朋友和生活。

我想要成為和孩子親近的爸爸。

紅色小跑車

在臺大復健科的診療室裡，我看著我兒子 Wayne 全身連滿電線，抓狂似的正在被確定腦袋是否正常。在爬滿小孩的房間裡，看著他所經歷的繁瑣檢驗，我彷彿置身人體實驗室，心裡懸著的疑問卻是：我兒子是笨蛋還是瘋子？這時，他還未滿三歲，一切都起因於一台亮紅色的小跑車。

就像所有的男孩子，我的孩子也很喜歡小汽車。他擁有一個能夠收納好多台小汽車的盒子，盒子打開就是個停車場。從他兩歲半開始到迷上甲蟲王者之前，那些火柴盒般的小汽車，就是他注意力集中的對象，在各式跑車、貨車、裝甲車裡，他最愛一台紅色的小跑車。同一時間，他迷上了汽車相關的電視節目，尤其風靡一時的電影《終極殺陣》（TAXI）更是他的首選，他一看再看，我也就陪著看了一次又一次。他會把 DVD 拿到我面前，再咿咿呀呀的指電視要我播。如果親戚朋友剛好來訪，也得跟著看上一段。

一個平靜的上午，我放假在家，兒子和往常一樣，一邊看《終極殺陣》，一邊玩小汽車，忽然之間，我發現他正把一堆小汽車排成電影中的場景，而他手中抓的那輛小紅跑車，就是主角的計程車。

我的噩夢就從這一刻開始：出門的時候，他帶著它；睡覺的時候，他握著它；這輛小紅跑車不是在他的口袋，就在他的手裡。終於，他犯了天下的小男生都會犯的錯誤——小紅跑車不見了！

剛開始，他翻箱倒櫃，東找西找。接著，我也跟著找，然後，一家老小一起找。這時候，他哭倒在地，不住打滾，其他的小汽車被他丟來丟去。正當大家找得心焦如焚時，我的兒子突然用頭撞地板。大家嚇壞了，我攔住他，他卻奮力掙脫，躲到桌子底下繼續撞頭。從此之後，不善言語的他，經常用「頭」和我們溝通。

這時 Wayne 才兩歲半快三歲，剛開始我以為是一般的哭鬧，但他撞頭實在太用力，「一般孩子，會這樣嗎？」我開始擔心了。這樣的狀況一直沒有改善，我決定帶他先去看看醫生再說。

連哄帶騙的帶著兒子來到台大復健科，醫生做了測試，確認我兒子會撞頭後，就對我說，需要進一步檢查。做完一大堆檢查、身體平衡檢查，再回到主治醫師的診間，圍繞我們的是一群實習醫生，我兒子再示範一次抓狂撞頭後，醫生告訴我，他有「語言表達能力發展遲緩」的問題，需要心理輔導。於是，唯一值得慶幸的是，在不到三歲，我的孩子就開始了後來統稱「亞斯伯格症」（Asperger Syndrome）的早期治療。

兒子的早期治療課程，來自台大兒童心理中心，小朋友需持續半年以上的課程。我開始每週兩次陪著兒子去上課，隨著心理治療師的教導，我開始學習觀察我兒子的情緒變化，學習轉移他的注意力，學習非語言的溝通方式，總而言之，就是學會不要讓他抓狂。這些基本訓練，除了自己的調適與摸索，更多是依靠心理中心給的基本訓練原則。

「亞斯伯格症孩子的情緒轉變，通常是因為表達不協調。因為他無法好好地傳達自己的意思，而感受到不協調。」

「在情緒開始轉變時，你要轉移孩子的注意力，一次一次降低他的情緒，以免接近臨界值。」

「儘量不要讓他的情緒累積到爆炸，長期下來是不好的。」

持續的陪著兒子去兒童心理中心上課，兒子依然故我、安靜，除了生氣的肢體動作與不成調的發音，其他時間不太給反應。漸漸的，我發現其實上課的是自己，體認到在這段陪伴關係之中，我是需要改變與學習的那方。剛開始我主觀的覺得兒子哭了，是有什麼沒有滿足他，就試著努力滿足他，可是若他的哭鬧狀況沒改善，我也會心生怒氣。隨著一堂一堂課程過去，我隨時在觀察他的狀況，瞭解到可能讓他不舒服的環境、事件、因素。慢慢的我成了兒子專屬的反應器，在他發作之前，我就已經開始避免可能讓他不舒服的狀況了。

開始了我漫長的陪伴之後，我養成觀察帶著孩子的父母的習慣。很多小孩都會滿地打滾，但是那行為在媽媽妥協地讓他把玩具放到購物車，或者媽媽堅決拒絕後會消失，有明確的目的性。像我的兒子這樣的孩子不是，他不大吼大叫，他安靜的撞頭。他所表達的是他感受到的不協調、不舒服。而不協調沒辦法以買玩具解決，否則我應該會買上把我家裝滿的玩具，或是想辦法成為最有錢的人，把玩具反斗城買下來給他。實際上的狀況是，記不得多少次，我逼著兒子來到沒有人的樓梯間，讓他在那打滾，直到他願意平靜下來，而我在過程中除了等待，束手無策。♥

吃飯皇帝大

中午時分，忙了一個早上終於可以稍稍休息，覺得太陽穴隱隱作痛，忍不住摘下墨鏡揉揉眼睛和頭部。從今天開始，我請秘書幫我中午到小學教室陪孩子吃飯、整理書包，費用另計。自從孩子上國小，我除了每天早上陪著孩子去學校上課之外，因為 Wayne 的情緒波動大，我得要隨時待命，經常才剛到公司，又接到學校打來的電話，再次認命回到學校。學校已經多次跟我反應：「老師得同時面對全班，沒辦法只處理一個孩子的狀況，需要家長的協助。」這個學期才過一半，實在不知道上哪找人陪孩子，只好威脅利誘我的秘書。

「黃爸爸，小朋友今天沒吃營養午餐喔。」前幾天去學校領兒子，班導師擔憂的跟我說。

吃飯一直都是我與兒子很大的問題。不吃飯似乎是他表達憤怒的方式之一，但是最讓我沮喪的是，他說不吃飯，就是不吃飯。一般的孩子肚子餓，鬧完脾氣了，還是會妥協，癟著嘴掛著眼淚鼻涕爬上餐桌吃飯。但他絕對不會，他會緊閉著嘴，離開飯桌，躲到角落把自己藏起來。

小時候因為他難以待在餐桌前安靜吃飯，過年和全家人一起吃的團圓飯，總是悲劇收場。當有事不合他心意，他並不會大吼大叫，但會發出怪聲引來鄰桌側目。也因為這樣，我能夠帶他參加的聚會就少了。

「建興要帶小孩來喔，那我不去啦！」這樣的玩笑話，也不是沒有過。餐廳那種吵雜、需要長時間待在同一個位置的環境，對兒子來說，似乎特別痛苦。我也只能夠自己帶著他，到我能夠去的店裡吃好吃的。

他對於食物的味覺很敏感。我們家巷口有家茶葉店，老闆沒事就坐在店裡泡茶，兒子經過時，都會向同樣孤獨一人的老闆點頭示意，因此老闆一直對 **Wayne** 有良好的印象，認為他是個有禮貌的好孩子，久而久之，兒子也會在那喝茶。通常他只是靜靜地坐在那裡，慢慢喝掉他的茶。但有一天，他默默地說：「之前那杯比較好喝」。當天換了兩泡不同茶葉的老闆心裡有點驚訝，又覺得這孩子挺有趣的，竟擺起了茶陣，泡了五六杯不一樣的茶葉，讓我兒子品茗。品完後，又再各倒一杯，一一問他這杯是之前的哪一杯。對我這個近盲爸爸來說都不可能通過的盲飲測試，據說 **Wayne** 冷靜又淡定地把所有茶都指對了。

「這孩子，特別有趣啊！」老闆很高興的跟我說，他不覺得這是個奇怪的孩子，而且更溫和對待。**Wayne** 的貴人運好像特別好，總是能遇到對他很好的人。他們都是提供孩子更多不同面向體驗的好長輩。♥

蠟筆繪畫課

自從Wayne從幼幼班結業後，幼稚園就上得斷斷續續了，當時眼睛不好的我也經常賦閒在家，所以我們有很多時間相處在一起。只是，那時我是個新手爸爸，不知道哪裡好玩，所以，我最常帶孩子去京華城百貨公司，參加每週末中午舉行的小朋友動手做課程。

他喜歡塗顏料的遊戲，一群小小孩圍著教課的溫和姊姊，認真地用一種特殊的顏料著色在他們自己選的圖畫上。雖然有好多種不一樣的空白圖案可以選擇，兒子每次選的都是魚或昆蟲，只是他的用色非常大膽、鮮豔。好不容易仔細地上完顏色後，他就在那裏直愣愣的盯著作品看，等著顏料乾了可以帶走之後，才會開始看看玩具或其他有趣的東西。

幾次觀察他如此專注在著色遊戲上，我理所當然地認為，他有某些繪畫的天分與興趣，只待啟發。完成找老師、報名、上課的儀式後，他果然不負眾人期待，上完一期，就在老師的勸說下，由家長領回。

但是災難卻在之後才開始，透過那期非常紮實的基礎課程，我兒子竟記住了各式各樣的圖畫工具以及色彩的知識。於是，Wayne從小學一年級開始，對於學校上課所需的美術用品就展現他的堅持。彩色筆、色鉛筆、蠟筆，從顏色數目到色彩品質，無一不挑。有時為了追求某個顏色

的表現，他就堅持從十二色升級到二十四色，為了展現某種效果，他又要求到三十六色。當他在文具店裏發現七十二色時，他很有品味地說：「其中有幾個顏色很特別，我很喜歡。」

然而，這位大師的作品卻經常讓大家無言。

上頁的兩張畫是 **Wayne** 小學四年級同時期的作品，當時我很難接受這樣兩極的風格，或者，我只懂得炫耀他的畫作，卻忽視他想從畫裡與我分享的世界。我早就為了準備他的美術用品，而失去耐性，也懶得聽他分享關於畫畫的點點滴滴，我懶得聽他說他最喜歡「點畫法」，懶得聽他難得開口還搖搖擺擺地對我說：「學校畫畫老師都會要我一直點點點。」並帶著一種像是想跟爸爸抱怨自己覺得好累的撒嬌語氣。

我甚至還警告他，我不想再為他多買一盒蠟筆。他想去上繪畫課時，我也只說：「反正不要再叫我買任何美術用品，不要要我到美術教室接你下課。」我也懶得了解他的學習狀況，直到有一天，他帶回這幅以「樹」為主題，在學校花了兩個月完成、得到九十八分的作品時，我才驚覺差點扼殺他的繪畫天分。**Wayne** 說這幅畫是用上次買的蠟筆畫的，也就是那盒造成我們在書店父子失和，我對 **Wayne** 耐心全失的七十二色蠟筆。

「這盒有所有我想用的顏色。」拿著一大盒七十二色蠟筆直直站著的兒子是這樣說的。那時候我一點都不相信，只想要趕快離開書店。

這一張畫，成了我忽略兒子的提醒，我又再次只用自己的偏見看世界，把兒子當成個任性、什麼事都做不好的孩子，對他發脾氣，成為眼裡只有自己的父親。看到這幅畫時我慚愧又心痛，想要做些補償，因此，我決定將這幅畫拿去翻拍存檔，Wayne 的姑姑便建議，既然要做就把 Wayne 所有的作品不分好壞都翻拍吧！於是，我整理好 Wayne 這段時間的作品，拿到巷口的沖洗店，請老闆翻拍。老闆一邊翻著 Wayne 的畫作一邊讚嘆著，在當場感覺有些尷尬的我，只好指著那張九十八分的畫說：「沒錯，這張的確有點水準，至於其他的，有翻拍存檔的必要嗎？」

沒想到，老闆的回應竟是：「那張九十八分的畫作，是他想要和大人溝通所畫出的畫作。」「孩子的畫作代表他的世界觀，幼稚園階段的孩子，畫裡的自己會非常大，以人物為主，景色為輔，人物雖有該有的五官與四肢，卻都不成比例。小學之後的孩子，因為社會化，畫作也會逐漸趨向真實狀況。」

原來兒子是為了要讓我瞭解他的世界，而畫了那張九十八分的作品。其他的畫作，則是和他同齡的孩子分享的。這個道理，我直到老闆說了之後才明白。

「每張畫都值得記錄，這孩子的作品很不簡單，有他自己的想法，可以感受到他想分享的對象和想說的話。」老闆這樣說。

我的孩子不太自己開口，不太擅長用語言表達自己的想法。透過繪畫，才給了我窺視自己的孩子內心的機會。而直到現在，他只在小學四年級那段時間，畫出那十幾幅的畫作，之後他就再也沒有畫過了。♥

不用對話的溝通

剛好是下午六點半，正在等人的我站在街上，旁邊可能某個大樓裡有托兒所或幼稚園，陸陸續續有穿著襯衫西褲的父親，或便裝的母親牽著小孩經過。聽到小孩一邊走路一邊嘰嘰喳喳的拉著爸爸分享事情，我想起現在應該已經下課到音樂班的Wayne。他就像一堵牆壁，我們的相處，通常是安靜的，兒子並不會特別與我分享任何事。他像隻小麻雀在我身邊打轉，這件事從來沒發生過。

幸好我是個愛說話的人，我常和兒子說話，單方面的。就像傾吐著單戀的少年，鮮少得到回應。

「你今天過得好嗎？」回應我的是無聲的靜默，什麼是好，什麼是不好，或許他正在思考。

「今天某某某有來嗎？」我決定換個問題。

「……有。」

「你們今天有玩神奇寶貝嗎？」很好，趁勝追擊。

「……沒有。」糟糕，接不下去了。

「……今天有和誰誰誰一起玩。」兒子安靜地說完，就走到書桌前做起自己的事了。

鮮少得到回應的我，只要 Wayne 給出一點點的反應，就覺得幸福得像吃到了蜜。

我與他的對話，沒有模棱兩可的界線。他沒有接收社會化的表達方式的天線，隱形的資訊，他難以判讀。所以他講話常常聽起來會「沒禮貌」，又不愛打招呼，常常講話太「真實」。

「你敢這樣做，你試試看！」當我生氣的撂下狠話，他下一秒就會去做我要阻止的動作。「你叫我試試看的。」他應該是這樣想的。我們的對話是直接而簡單的，這花了我非常多年的觀察，甚至用上了我工作的專業技能。

我在二十多歲，剛從英國讀書回台灣時，就投入了當時掀起熱潮的臺北市選戰，當年角逐市長的話題人物，就是陳水扁。那是一九九四年，距今二十年前。那場市長與市議員合併的選舉之後，我三十歲不到，就躍升為台北市解嚴後第一次民選市長時期，市議會民進黨黨鞭的助理。雖然我與政治結緣早，但是那幾年在老闆的訓練之下，我徹底地成為一個專業助理。議員們會有許多習慣的小動作，助理則要善於察言觀色，準備好下一步。可能某議員在談話時下意識地舉了下手指，我就會注意他的菸盒是不是在對的位置上，附近有沒有打火機。像這樣的觀察，從兒子開始早期治療，我就拼命地累積，嘗試給他一個「較不會感受到不協調」的環境。

當他指著冰箱，我會知道他是渴了或是餓了。當他搖搖擺擺地翻出某一張CD，嘴裡發出無意義的音節向我走來，我會知道他是想播這張CD的某一段音樂。我的孩子在行為和語言上的表達，無法跟上他的年齡。他的腦袋是小學生時，行為有時候卻像個幼稚園孩子。

當他進了小學，我無法隨時陪著他，只能事後處理讓我心痛的狀況。兒子在學校，看到同學被欺負，他會阻止欺負人的同學，但是他不會表達，最後總是上演「公親變事主」，我常常因為兒子打架，工作到一半又被叫進學校。

小學的Wayne，總是被誤解，小學第一年，他完全不去記同學的名字，直到三年級某天，接他下課的我聽到了一個小孩喊他名字，和他揮手告別，好奇地問他：「那個跟你打招呼的同學是誰？」他才回答了第一個同學的名字。國小的前兩年，他的同伴只有兩個和他一樣有狀況的孩子。沒有玩伴，加上國小的功課繁重，我們都過得很痛苦。

♥

揉得爛爛的考試卷

看著兒子掀開的書包，我忍不住嘆了口氣。就算秘書中午幫他整理過一次，到了晚上接他回家時，還是亂成一團。裡面有揉成一團一團的考卷，皺皺的作業本和課本，直接塞進書包裡。兒子的作業量只有其他小朋友的一半，但是要完成作業，對我們兩人都是折磨。他寫的字，像是畫圖，沒有筆畫，沒有絕對位置，只有相對位置。小學開始，他的成績滿是紅字。

送 Wayne 去上小學一年級的第一天，班級外有很多著急地透過窗戶往內看的爸媽，擔心著孩子會不會適應不良，能否認識新同學，下課時有沒有和同學一起玩。但隨著日子過去，教室裡的狀況變少，爸媽的數量也只剩下一兩個，通常，那就是我和另一個特別的孩子的媽媽。

時間久了，下課時同學開始聚集在一起玩耍，然後，我不願見到的場景終於出現，兒子單獨待在教室的頻率越來越高，平常也很少聽到他提到和同學間的互動，有時候回家時他就已經寫完作業，因為他利用下課的時間做完了。接送他上下學時，他說不出班上同學的名字，也不和同學打招呼。

在課堂上，他先以「我不要」三字與老師們溝通，使用地上打滾的肢體語言，表示他的不滿。有一次，為了加強我兒子的注音能力，他被帶到圖書館上課，可憐的愛心媽媽聽了一節課「我不要」，兒子從此在愛心媽媽界一戰成名。

上課聲響起，有時他的心情不好，為了拒絕同學熱情的上課邀約，滾在地上，誓死不從。他作業簿上的生字，永遠是歪斜地躺著，一張張考卷的分數，總是出現令我難堪的數字，更不用說課本與書包齊飛的景象。凡此種種，使我比我兒子更期待放假，因為上學是苦難的修行。對分數，我要學習視而不見；對抱怨，我要學習聽而不怒。我的兒子上完一、二年級後，他的導師語重心長對我說，希望好運能伴隨他，繼續遇到他喜歡的老師。

每天陪伴小孩上學，寫功課，會有什麼樣的成績早已了然於胸。我依然記得 Wayne 面對學校考試的情形，在小學一年級時，他不是不寫考卷，就是用最慢的速度完成。有時候，他還把考卷揉成一團，從座位丟出去。

感謝老師的寬容大度，可以忍受如此的考試態度。然而，對家長而言這卻是不可承受的輕，從小我們就在考試制度下苟延殘喘的成長，被教誨的是每天該努力準備考試，只有功課好的學生才是可結交的朋友。考試不認真準備，成績不好的同學不應該和他們往來，他們會破壞班上的成就，他們的未來就是到國中的放牛班，流氓中學。

因此，當我的伴讀換來的是我求學過程中被唾棄的學生，我還是會陷入評斷與被評斷的陷阱，覺得自己的孩子是壞學生，我是抬不起頭的家長。可是，我錯了，我掉入了窠臼，我必須接受他的學習結果，而且這樣的成績是經過他的努力得到的，他不是壞學生。

「我知道你很厲害，但我不厲害」，兒子有次考試成績不佳，被我逼急了脫口這樣說。他知道爸爸的某個朋友，是出現在電視上的人，他單純地認為，能在電視上出現的人是厲害的人，所以爸爸也是厲害的人。這樣的想法好像造成他的壓力，他也想要表現好，無奈換來的結果還是不滿意。他會算數學，但是，老師希望他坐在位子上回答問題。他的情緒容易被引爆，又不擅於為自己辯解，因此也就成為班上同學的反面指標人物。放學後，他仍擺脫不掉學校的陰影，因為他還要寫功課。他對自己的表現，也會有滿意的標準，可是那標準，如果是我們幫他建立的，那他就會因為無法達成而痛苦。那刻我認真地檢討，我是他的爸爸，我不應該也不需要為他的成績有得失心，我應該為他努力過而自傲。

「你很棒。」有天他放學時我這樣跟他說，老爸好不容易拉下身段稱讚兒子。

「……」兒子沒什麼反應的往公車站排走去。

對於這個和其他人不一樣，但是表面上又沒有那麼不一樣的兒子，我總是又氣又愛。♥

高雄大舞台

出身高雄鹽埕地方望族的父親，認識了一個在自家醫院工作的護士，後來這個年輕、臉圓圓的護士成了我的母親。類似連續劇堅持要門當戶對的反對情節沒有出現。母親嫁給父親，她的一幫姐妹無不投以羨慕的讚美，就像台灣版的麻雀變鳳凰。父母親婚後生下了大哥、姊姊和我，么子。童年時期，我的玩伴是父親朋友的小孩，父親不太管束我們，我也不太記得他與我們有什麼相處，他天天固定時間出門到銀行上班，固定時間回家。我後來才知道他的手錶是勞力士。裁縫師經常來家裡拜訪，量身時布尺發出沙沙聲，過些日子，家裡就會送來一套新的西裝。母親過生日時總會出現帶著手提盒子的珠寶店老闆，看到我們兄弟便停下來笑瞇瞇的打招呼。

富有，是隱形的符號，來往的人都自然而然來自相同的背景，我的玩伴沒有人覺得這有什麼奇怪。我大哥高中就開車上學；學音樂的姊姊有獨立的練琴房和演奏式大鋼琴；我想要學什麼才藝就學，倦怠了就換一樣。我國小時就學會帶同學去看免費電影，只要向賣票的姊姊報上姓名，票房經理就會出來接我們坐到位子上。那是當時高雄專映洋片的黃金電影院「大舞台戲院」，奶奶娘家經營的電影院。

我的奶奶黃秀足可說是日本時代具有代表性的女子，她到日本學醫，回來當醫生。當時到日本學醫又是女生，先決條件是聰敏優秀；更重要的是家世夠好。奶奶娘家是屏東郭家，是透過經商擁有土地的大家族，不過最出名的還是政治人物郭國基。而祖父的家族，當時一樣是日本時代建家立業的南部望族，擁有大量土地，成為富甲一方的地方士紳。這樣的家族裡成長的祖父迎娶的就是門當戶對的奶奶，理所當然的經營起診所，只不過，我手腳麻利的奶奶不是醫生娘，而是正港的醫生，就算她已經退休年老，仍被恭敬地用日語稱為「先生」。

在我的記憶裡，奶奶的形象就是永遠穿著端正，頭髮梳的一點不亂，帶著姑姑去「做外交」，到教會做禮拜，或與其他家族的人交際吃飯喝茶。我姑姑就是現在所謂的名媛，差別在當時的名媛不會上報紙，最常捐款的對象不是基金會而是基督教教會。而當時的政治，與士紳階級息息相連，眾人所定期聚會的教會，也在政治中扮演了關鍵整合的角色。雖然在唸書時，我總被告誡政治是很黑暗的、很現實、也很殘酷的，後來也了解的確是如此。然而，我生命中的政治原型，卻不是那種邪惡形象，而是幼年時我家的一家之主，我的奶奶。

秀足產婦人科醫院
東京女醫學士黃秀足

我與政治，可說耳濡目染的早，也可說有點特別的緣分。高二那年來到臺北，進入另一間私立高中，大學聯考想當然爾名落孫山。為了不要當兵，我報名了升大學補習班後繼續玩，騎著偉士牌機車，留著半長不短的髮型，到處泡地下酒吧，又再一次落榜。真的很不想當兵的我，在補二那年，奮發唸書，每天只睡幾小時，用幾個月時間，念完高中三年的份量。那年，我考上了臺大政治系，過了一個有點適應不良的大一後，野百合學運如火般在所有人身上焚上印記。

大舞台戲院
CINEMA

野百合世代

野百合學運經過十年後，有學者提出「野百合世代」的言論，的確，一九九〇年野百合學運，影響了當時參與者的際遇。那時我在臺大讀政治系，隨著學運奔狂。我原本只是個南部私立高中的小孩，在補習班待了兩年後才考上臺大，是《臺大政治》總編輯。野百合學運讓我從只是個「很知道怎麼跳舞、泡吧、知道怎麼玩，但有點怪怪的學長」成了正在參與大事的人。我們都很興奮，天天在外面集會、討論原本只在書上的理論，以為理論會成為現實。那是一切都很快速的時候，悶了二十多年，終於呼吸到一點新鮮空氣的台灣社會，曾經的黨外，開始有機會收割累積多年的成果。所有政治系學生都到競選辦公室助選，我也不例外。

參與議員助選，從打雜、發文宣，之後多少參與執行、一起編報，「我們好像在改變一些事。」空氣裡和著慶祝的鞭炮火藥味，瀰漫著單純而偉大的錯覺。在議員辦公室助選，也為我日後在議會當助理的工作埋下伏筆。

時代的颶風在台灣用力的颳著，學運的風卻在當時的總統李登輝宣布召開國是會議後漸漸歇止，同年我也從臺大畢業，二十六歲，我告別了

巴黎

台灣，飛往英國準備讀碩士。

我本來就是個愛玩的人，不喜歡中規中矩，英國的學校還沒開學，我已提早到巴斯（Bath）念了幾個月的語言學校。巴斯是個溫泉度假地，沒有幾間酒吧、沒什麼活動，我開始覺得無聊了。當時我小叔叔長居法國巴黎，我就不請自來的窩到他巴黎的公寓，直到小叔叔看不下去，趕我出去「體驗巴黎」。於是我沒事就閒晃在巴黎各個街區，躲到博物館吹冷氣，那是還沒有太多亞洲遊客的巴黎，最多的台灣人不是遊客，而是所謂「黨外人士」。他們有定期的聚會、演講和討論，叔叔和他們也都早已是熟識多年的朋友，我參加這樣的聚會不但不奇怪，也同時餵養了我基因裡蠢蠢欲動的政治因子。

肚子裡吸飽法國的空氣，又到劍橋去住了一陣子，我才回到了艾塞克斯大學準備正式開學。語言漸漸熟練，我開始如魚得水——大學時因為重考，我比其他同年級人年長兩歲，加上編刊物、搞學運、奔忙在議員競選辦公室助選，並沒有真的享受到準備考試時補習班推銷的：「考上就可擁有的校園生活」。在英國我第一次體驗了校園生活，就像電影裡演的一樣，在草地上曬太陽。在英國讀書，無聊時就跑到法國，繼續參

偉士牌

加黨外的聚會，感覺離台灣沒有很遠，卻充滿希望，在台灣常常感覺到的煩悶不見了。同時我認識了一樣在法國唸書，後來幫彭明敏設計經典的「台灣鯨魚」，為蘇貞昌設計了有名的「電火球」的邱顯洵。吸飽了國外的自由空氣，完成了英國的學業，我回到潮濕的台灣，又再次投入政治的工作。♥

兒子的媽媽

眼前這女子對我的態度很冷淡。

她一如往常的纖瘦，穿著剪裁良好的套裝，不用看我也可以知道，桌底下的是一雙細跟的黑高跟鞋，應該是她很喜歡的品牌。模糊的視野裡，她舉起纖白的手指撥了下一頭長捲髮。她頻繁撥弄手指的樣子，讓我感覺到她的緊張。

「我也想要見見他。我是他媽媽啊。」她說。

我沉默不語，無法克制自己面露難色。

兒子很想念媽媽，但是我不知道讓他與這個看似一絲不苟，卻偶爾會爽約的率性女人見面，對這個需要規律的孩子到底好不好。失去規律和失去母親，到底哪個對 Wayne 影響更大？我很擔憂，但仍然答應了下來。

他們時隔多年第一次見面，是在兒子的音樂班。那天，我可以感受到回家的兒子心情很好，動作輕盈，不毛毛躁躁，終於放鬆了提心吊膽了一整天的心情。

「約好了下週再去看他。」幾次穩定的陪伴之後，在電話裡她這樣說。

但那是她第一次沒有準時出現。

兒子在音樂班坐立不安，隔幾分鐘就跑到門外，看看媽媽來了沒。對兒子來說，既然說了會來，那就沒有不來這件事。最後他索性蹲在門口等待，眼睛定住同一個方向，希望媽媽下一秒就出現。可是，他想見的人沒有出現，也沒有電話。當天去接他回家的我，聽了櫃檯姊姊的說明，看著垂頭喪氣，緊閉雙唇的孩子，只希望快點到家。

小學階段，兒子一直都想念媽媽，但是，他從來不曾親口告訴我。有一天，我一如往常地接他下課，班導師有點遲疑地開口：

「Wayne 爸爸，Wayne 今天上課自己跑去外面待了一節課。」老師看起來不像平常兒子闖禍煩惱的樣子，反而帶著歉疚。「母親節快到了，今天上課是畫媽媽。對不起，是我考慮不週。」孩子沒說話，自己走出教室，在牆邊的角落待著，度過一整節課。因為考慮到 Wayne 的心情，老師沒有強迫他回到課堂，而是讓他靜靜地待在外面。

無法和其他小孩一樣開心地用蠟筆在圖畫紙畫媽媽的樣子，讓媽媽把畫紙貼在家裡的牆上，只能躲在一個人的角落自己面對這種感傷。Wayne 是不會用「那我改畫阿嬤或是爸爸」的方式圓滑應對的孩子，他的人生注定要走的辛苦些。身為父親，面對這狀況特別心痛。雖然在人生的四十代，經過了各種重大的改變，很多事情我都可淡然面對，但就是兒子遇到的困難，讓我特別難受心酸。

因為兒子和自己的狀況，忙碌於各種危機處理，我經常忘記我們是單親家庭這個事實，我們兩個人只是努力過活，無暇顧及其他。可是，有時候兒子的狀況讓我懷疑，只有我一人會不會給他太少的愛？除了我，他還是很需要媽媽的，怎麼辦？而且，好像我一直以為我和兒子是同一陣線，但是他其實有他自己的想法。雖然這樣講有點幼稚，這時候我覺得有點被同陣營的人背叛的感覺，一點點。

認識眼前這美麗的女子，是我一度退出政治圈，進入企業界工作的時候。

當我從英國拿到碩士學位回台灣，理所當然地又開始了政治圈的助理工作，為再度參選的市議員輔選。同年陳水扁當選臺北市長，民進黨第一次在臺北市成為執政黨，我輔選的議員成為市議會民進黨團的黨鞭。跟在他身邊歷練雖然學到很多，幾年下來，我卻體認到自己不可能成為候選人，又不知道要怎麼在政治圈裡找到適合的位置，煩惱之下決定離開，經人介紹成為了媒體大亨的特助。但政治特長是公共關係，我是個無法進入公司經營層面的特助，我的工作就是穿著好看的西裝，陪著老闆應酬。

小時候習慣的生活雖曾經一度中斷，父親破產，房子、工廠都賣掉抵債，我才國中，經過了國中放牛班，私立高中，補習班兩年，臺大，出國留學，我又回到熟悉的圈子，但是已少了小時候那種無憂與篤定。

「即使玩得再開心，走出了公司，回到自己家裡我到底是誰呢。」回到家裡看著鏡子裡穿著昂貴西服襯衫和鬆開的條紋領帶的那個人，我不懂這樣生活的意思，開始無法保持清醒。離開政治圈的疑問，仍沒有解答，我再次換了工作，賺到了我期望的百萬年薪，上班族的日子過得滋潤，卻隱隱有些無趣，欲望蠢蠢欲動。這時候，有熟人再次提供我一個回到政治圈助選的機會。於是，我徹底放棄參選，再次回到政治圈，成了規劃別人選舉的角色，隱身在鎂光燈背後，張牙舞爪想抓住選舉勝利後的權勢。

在忙得天昏地暗的同時，有了第一個孩子，在千禧年，三十歲的中後半。

就像所有三十多歲上班族期望的一樣，我擁有雙薪家庭，漂亮的太太，白白胖胖的兒子，和父母同住在台北市的房子裡，還不用繳房租和房貸。但也像所有三十多歲上班族一樣，我煩惱著工作上遲遲未果的成功，把大部份的精神放在思考達成工作的成就，忽略了新婚的妻子，看似穩固的家庭，正在出現細小的裂痕。

分開的家庭

一直到進臺大之前，我對於追女生都沒什麼信心。國中開始轉到放牛班，高中進私立高中，身邊的同伴各個泡舞廳、撞球間、騎著拉風機車到處晃。在他們之中，我一直都不是會追女生的人，甚至被嘲笑「靦腆老實」。沒想到，到了優等生聚集的臺灣大學，我卻成了別人眼中「知道怎麼玩」的老手。當週邊的同學正在聽黃舒駿，張雨生才剛剛流行，當學校的舞會是在體育館裡舉辦，女孩子都還不知道該穿什麼衣服時，我卻已經浸淫在國外搖滾樂、地下舞廳好多年。同系的男生訝異地稱我為「舞棍」，我成了學妹口中想認識的學長。對我來說，臺大是一個平行世界，周遭的同學不是建中，就是北一女，開口便是卡繆的《異鄉人》、左派思想、馬克思主義。而我，是只看過大個子、好小子、怪醫秦博士當時流行漫畫的補校生。送給當時臺大女朋友的裙子，她卻覺得太短而不敢穿。

妻子是在公司認識的同事，年紀輕輕、美麗、工作表現也優秀，穿著筆挺套裝，畫上精緻的眉毛，塗上口紅，自信地出門上班的妻子，工作能力幹練，品味也是一等一出眾。

但如果說戀愛是兩個人的相會，那結婚就是兩個家庭的見面。因為孩

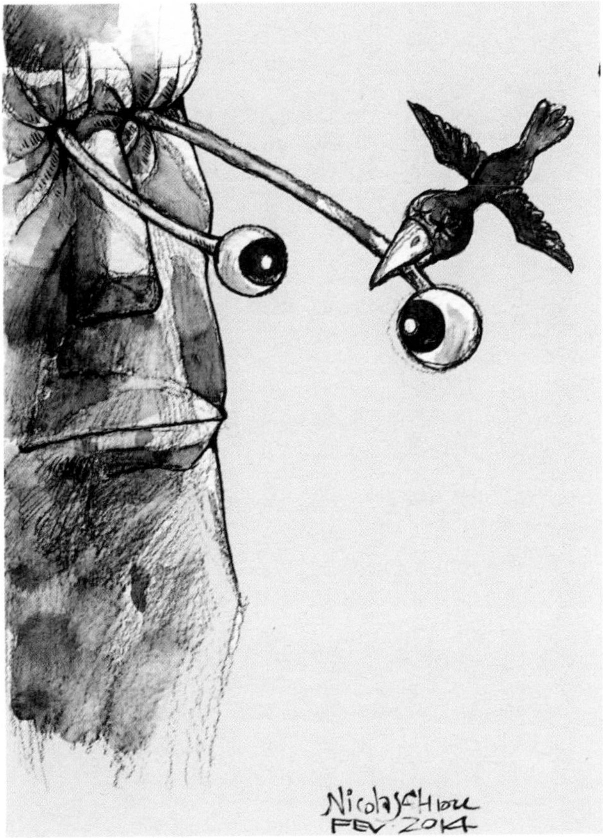

傷

子而焦急地結婚後，接踵而來是婆婆和媳婦的問題、丈母娘與女婿的角力、家庭、經濟、雙方的認知，在這樣的循環之中，真正重要的、需要花費力氣去守護的事物就被掩蓋了。那時候的我，真的知道什麼是要去守護的事物嗎，我也懷疑。下雨的日子去買束花給老婆這樣的事情，馬上被埋在眼前生活的洪流，怎麼能有那種心情呢？在那樣的狀況裡，好像每個人都要來為你多添亂，要怎麼去設身處地呢？

過了多少年我才想到，在奶奶的醫院當護士的母親，與父親成為夫妻享盡了姐妹羨慕的眼光，破產後仍跟著父親走過幾十年。她看著新進門的媳婦，除了考慮兒子的幸福，是否也多少把她一生的辛酸投射在對妻子的期待與要求上，而尚未融入的妻子，要的便不是多一點的寬慰。

「你可以不要這麼事不關己嗎？」吵架時似乎沒少聽這句話，但我怠忽著把重心轉向工作，覺得工作上的張牙舞爪，反而還容易應付一點。太多當時沒有好好處理的事情，如今如同蒙上塵埃的水晶玻璃，只有偶爾隨著回憶的風，碰撞出清脆的聲響，更清晰的幕幕閃現在腦中，夾雜著遲來的無限後悔。

我的妻子仍然掛著娃娃般的微笑，但從哪天開始呢？她的瞳孔中已毫無光彩。

第一次聽到她提出要分居，我是不解的，努力想要了解的過程中才知道，有些事情已經崩解，想要努力也回不了原狀。我努力蓋的水泥磚房，風化成沙子，我抓著滿手沙子想塞回原處，但卻只是徒勞。

眼睛還看得到的時候，坐火車會讀些書，想些事情。當坐着自強號經過苗栗新竹山丘路段時，黑暗的隧道總來的又快又出乎意料，我總會有些訝異的從書裡抬起眼睛。那時的我，照著自己的步伐慢跑，沉浸於自己的世界，沒注意身邊的變化，在毫無心理準備下，突然衝進了昏暗隧道中，不知道何時能夠看到光線與出口。

就在看似平穩卻暗生裂痕的時候，我的兒子出了狀況，開始早期治療。等到他狀況好轉後，妻子與我關係卻更加惡劣，這時我接到去台南工作的邀約，一方面想著保持點距離，或許可以改善現狀，一方面也很渴望工作的舞台，我就這樣答應了台南的工作。

但是，到了台南，短短的幾個月時間，我遭逢了人生最大的變故——我的眼睛看不見了。

♥

第二章 踏上不協調的路

倉促的第一次

「建興！你幹嘛貼電腦螢幕那麼近！」一個認識不久的男同事拍拍我的肩膀，站在我身後問我。

開始注意到眼睛有些狀況，是在剛到臺南工作不久時。經常性地南北往返，我的眼睛很容易疲憊，但也不覺有異，推測可能是因為舟車勞頓，生活及工作環境都在適應中，身體給出的反應。不久之後，眼睛開始對南部的陽光感到刺眼、畏光。我的處理方式也很簡單，就是戴上太陽眼鏡，心裡還暗自欣喜，覺得被熱情的南部陽光擁抱很幸福。臺北的天氣太陰沉了，墨鏡毫無用武之地，我享受那和南法相似的，和煦不炙熱的陽光，繼續投入工作之中。

過了那年的端午，我開始發現視力有點減退，照一般常識，我早已過了近視會繼續加重的年紀，但也還未到出現老花眼的歲數。雖然感覺有點詭異，但是工作繁忙，臺北又傳出SARS疫情，大家對於去醫院、診所是避之唯恐不及，我也就把驗光、檢查眼睛的小事擱在一旁。

直到有天早上醒來，視線模糊不清，我以為室內燈光昏暗，只好走到門口，陽光下，我的眼睛前出現了一群蚊子，怎麼猛眨眼都沒有改善，心裡頓時不安起來。這樣的心情一直持續著，但是到了晚上，眼睛卻又奇蹟般地恢復正常。

因為恢復了正常，雖然有點不安，但我還是繼續日常的工作，直到共事的朋友發現，我在使用電腦時，幾乎是把臉貼到了螢幕前。而當事者我，卻毫無自覺離螢幕只有約十公分不到的距離。情況不對，周邊朋友的勸說讓我自己也害怕了起來，於是透過在臺北的朋友，到仁愛醫院掛號。在收到掛號通知的隔天，我就向工作單位緊急告假，坐著火車回臺北到仁愛醫院的眼科做檢查。

我根本不知道，那群眼前突然出現的飛蚊，與一陣陣無規則出現的閃光，是巨大海嘯來襲前的無聲警報。

第一次到仁愛醫院看診，醫生看了我的狀況，沒有解釋太多，就說：「要開刀，兩天後準備過來。」淡定的口氣，我還記得我心裡想，應該沒什麼事吧。當時母親對於我突然從臺南回臺北，還要住院手術感到非常擔心，我一派輕鬆地告訴她：「沒事的啦，小手術，很快就回來，很快就好了。」那是我，最後一次如此自然而然的輕鬆、不以為意。

我進了醫院準備做第一次手術，換上病人服，盤算著醫生說要做雷射手術加上灌氣，應該不出多少時間就能夠回家休養，回到原本生活，還在想著台南的工作進度。

第一次手術後醒來，我發現自己躺在病床上，全身疼痛不堪。執刀醫生告訴我，手術時間延長到十二小時，因為視網膜剝離的情況，除了原本看診檢查出的以外，還出現在不容易發覺的部位，而且範圍很大，貼合不易。也就是說，原本只是雷射加灌氣的小手術，卻變成雷射、灌氣又灌矽油的大手術，但是總之，第一次的手術完成了，接下來的術後住院是關鍵期，視網膜經過手術，能否好好地貼合，就看這段時間了。我開始整天趴在病床上，無力地遵照護士的指示翻滾身體，吃沒有味道的病人餐，脾氣非常糟糕。而且，我讓父母親受累了。

第一次手術後，我曾短暫地重回光明，視力幾乎恢復，出院前醫生說：「兩週後要回診，若這段時間沒有惡化，那就沒什麼問題。但如果感覺到視力減弱化，一定要馬上回診。」我就這樣出院了。出院時護士說了句：「你要加油啊，說不定會好的！」讓我心裡隱隱有些在意，但我現在看得到，且待在醫院的時間已經比原先預想的多了太多，我迫不及待想要回到原本的生活，也就不疑有他，認為眼睛的狀況應該可以維持吧，趕緊出院回家。

恶水上破屋

在第一次手術時，妻子默默地回來了，她陪在我身邊，也一起回家照顧我。出院回到家裡我聞到了空氣裡家的味道，有著人住著的味道，雖然因為大家都忙於在醫院照顧我，空了一段時間，有些冷清，但是混雜著衣物、傢俱，隨著時間而累積出的家，至少讓我能安心入眠。出院的第一周一切都如常，除了不能夠提重物、不要閱讀、不做耗費眼力的事情，其他與術前生活無異，視力與術前差不多，且並沒有什麼異狀。我開始樂觀地想，應該是沒問題了，因為開刀手術休息了這麼久，回台南那些工作要趕快做才行，立刻就規劃起之後該做的事情。

但到了回家療養的第二周某天，起床後發現視野中，有部分像被一塊黑幕擋住一樣，怎麼轉動眼球也避不開那塊黑色地帶。並且黑幕從上下方開始，緩慢地往中間蔓延。每天早上醒來，張開眼睛，黑的地方又多了一點，能夠看到的地方又少了一點。我恐懼得快發瘋，尖叫吶喊著千萬不要，拜託不要，但內心深處知道「一切都完了」。我明明知道前方有個非常深的懸崖，卻無法停止正在往前衝的腳步。眼睛的狀況很明顯地告訴所有人，第一次手術是沒有效果了，因此要趕快確認下次手術時間，進行更加複雜的手術。

在等待著下次手術確認的時間，那段約兩周的日子，我陷入了沒有停止的深層憂傷裡。從不知道自己能夠有這麼多的眼淚，只要想到眼睛、想到未來，眼淚像湧泉般克制不住。我連閉上眼都感到恐懼，因為害怕睜開眼的那一秒，等待著我的是全黑一片。晚上無法成眠，害怕睡著起床就看不見了，極度疲憊的身心，只剩下殘存的，希望奇蹟發生的希望。在忐忑的等待中，第二次的手術時間確認，我又要去醫院了。我這一生還有一點點能夠看見的機會，但又很快就破滅了。

♥

希望破滅的第二次手術

一般來說，需要動到第二次手術的患者，有六分之一可以恢復部分視力。等待手術時，我的視野從全景，逐漸變黑。我就從日漸縮小的視野裡，看著外面那個幾周前對我來說，還如此理所當然的世界。

我在仁愛醫院的第二次手術，稱為鞏膜扣壓手術：藉由植入矽膠把已經變扁的鞏膜，用力壓圓，以貼合視網膜。簡單的比喻，就像是幫眼球穿馬甲，維持眼球的形狀，這在眼科算是一項較大的手術。

這次手術，對當時的我，可說是關鍵，如果失敗了，只能做些最後的補救措施，等同是失明。手術成功的機率，醫生在術前也不諱言地說很低。但我並沒有選擇權，只能夠接受手術。有了上次手術後，只能趴在床上寸步難行的經驗，這次我只希望自己不要再造成父母親更多的麻煩。

再次全身麻醉，再次十二小時手術過去後，正當我經歷著連打止痛針都無效的痛苦時，醫生也宣告我的手術失敗了，我徹底地失去了左眼的視力，需要再轉院做最後的補救手術。然後我開始了初次的黑暗經驗。

「明明麻醉退了，可以聽到旁邊的人說話，為什麼看不見！難道我瞎了？」

「但是我明明就只有左眼做手術啊！到底怎麼了，為什麼看不到！」麻醉退了之後，我的一隻眼睛腫起來，如果嘗試睜開，雙眼都會非常疼痛，只能閉著眼睛，趴著生活。術後的復原非常痛，加上我只能張開一點點縫隙看外面，我失去了所有生活能力。看不見所以到處碰撞的我，需要父親陪著我到廁所梳洗。

母親照顧我吃飯，但是我看不見，沒辦法用筷子，又不想她餵我，於是母親把食物一口一口地放在湯匙上再放到手上。但是，因為我看不見食物，難以判斷現在拿在手上的到底是什麼，到底能不能吃，本能的保護機制甦醒，我連進食都害怕了起來。發現自己原來這麼依賴視力，我更加擔心視力到底能不能恢復，也更焦躁慌亂，對照顧我的人，脾氣也更差。

當時 Wayne 還在讀幼稚園，下課後，就會來到我病房，靜靜地坐在床邊。他的老師會稱讚他：「你都有照顧爸爸，真棒。」他也很認真地要照顧我，想要學著他阿公攙扶我，摸到他小小的手，我的眼淚就一直流下來。

手術後幾天，母親不厭其煩遞來的食物，觸手冰冰涼涼，不同於筷子或湯匙的金屬感，帶著水份沾濕了我的手指。「吃點水果吧。」入口清爽的果肉，牙齒咀嚼後冰涼的果汁，就像是新生命的泉水，徐徐流入口腔，記憶裡從來沒感受過的那樣新鮮生甜，「我還活著啊。」就算再怎麼樣絕望，這樣的小事，卻時時刻刻提醒著我，我還活著。就算覺得沒有活著的理由，生理上，我還活著。

經過了術後病院的日子，徹底地感受到肉體的淨化。住院的時光，最後像一切重來的嬰兒時期，除了視覺之外，各種感官都重新建立新的接收模式，變得更加敏銳，像是新生嬰兒的乾淨口腔，重新學習每種食物的味道，咀嚼時食物與牙齒碰觸碎裂的感覺。就連他人的感受，即使看不到表情，也能夠尖銳地接受到。

♥

至少，兒子需要我

開完刀，我遵照醫囑趴在病床上，讓氣體儘量貼合視網膜。朋友來探，我趴著見客，聽著他們安慰的話語，雖然知道都是善意，內臟卻還是燃起悶悶的怒火。可是，「這些人除了跟我說沒關係還能夠說什麼呢。」一感受到了朋友們的尷尬與不適，我竟然萌生了對眼前人們的罪惡感，因此更加討厭自己。住院很煩躁的我，希望有人來陪我聊天，卻又希望大家都不要來。期待着病房沉重的拉門打開，但是等到拉門開了朋友來探望，我又陷入另一種自傷的情緒裡。探病的人離開後，我又覺得，好像被原本屬於自己的世界給拋棄了。

一個朋友很直接的告訴我：「就不要想回到從前的生活了，看開點，你之後的日子，就是等著被伺候了。」聽到這句話的我連苦笑都沒辦法，他說的是事實，但是誰能夠伺候我呢？是頭髮已經斑白的父母，還是亞斯伯格症的兒子？當我有力氣時，心裡滿是憤怒，當憤怒消弭，心裡滿是絕望，當絕望的疲憊襲來，又只剩下滿滿的愧疚，對於孩子的愧疚，對於父母的愧疚：對不起，本來我應該是撐起這個家的人，卻成為最需要別人保護的人。

那時我一直有很深的挫敗感，我一直很自信地以為我是這個家的棟樑，可以幫家人遮風避雨，大家都需要我；我以為在工作上我很關鍵，大家很需要我的才華。結果我眼睛看不見之後，一切如常，甚至他們發揮更大的能量來照顧我。我確定眼睛看不見之後，還在手術住院中，我期望等待的人，沒有出現。從此之後，我們很有默契的不再聯絡或討論彼此的未來。這段時間，父親和母親盡其所能的看護我，可是我心裡很空洞。未來我要怎麼走，眼睛看不見完全不在我以前對人生的想像裡，這一切都讓我茫然。而且現實和我以為的一點都不一樣，我原來一點都不特別。原來沒有人真的需要我，這讓我恐慌害怕。

那時候，我唯一確實的感受，就是至少有兒子陪著我。他沒辦法去別的地方，我覺得自己很自私，但那時若沒有這個不會離開我的兒子，非我不可的兒子，那麼在黑暗中跌跌撞撞的我，有何處能容身。也就是在這個時候，沒辦法工作、失去所有能力的我，開始真正下定決心，要花更多時間陪著兒子。在兒子幼稚園的這兩年，我漸漸認清眼疾的事實，習慣眼疾帶來生活的不便，同時認真開始陪伴孩子成長。

對那時好像快溺斃的我而言，兒子是維持著我的浮木。曾經，我有太多選擇，我可以根據我的想法選擇很多工作，我做過讓人羨慕的職位，

父子騎馬

有時候選擇多是很累的事。雖然比較到最後，總會知道自己該選什麼，但是我們總是在後悔那些「可以選卻沒選的可能」，為那些沒選到的感覺可惜。當時的我，眼睛看不到，沒辦法工作，好像命運將我所有的可能性都截斷，與兒子相處是我唯一的路，沒有其他選擇。我能確信的只有一件事：「不論如何，只要我陪著他，他就會陪著我。」♥

不協調的開始

我養好身體準備動最後的手術，到台北的榮總醫院。第三次在榮總進行的手術，內容主要是將我的玻璃體給直接移除，並且進行網膜釘手術，所謂網膜釘，簡而言之是用非常細的針，把殘存視網膜釘在我的眼球內壁上以求固定。我的視網膜，像是家裡有養小孩或寵物的家庭斑駁的壁紙。保住視網膜，就還能「感光」，這表示我還能夠接收到光線、輪廓，但沒有了玻璃體，所有的折射參數都亂了套，因此不論怎麼調整角度去看，眼前都是模糊一片。動完了這個手術，基本上能夠做的已經不多，換電子眼所費不貲且不一定適合，除了定期到醫院做檢查，我只能依賴着這次手術替我保留的左眼殘存視力，和右眼黃斑病變後非常模糊的視野，正式開始了半盲的生活。

在三次手術後，醫生替我評估看護者生活功能指標，根據能否自行進食、移動位置、個人衛生、平地走動等十個指標去做評量，評估結果，我是巴氏量表中的倒數第二，符合申請外籍看護的資格。那時還沒有拿到愛心卡的我赫然發現，原來以醫療上的認定來說，我就是個殘障人士。用一般的人語言來說，我就是個需要照顧的人。但是我現在仍然四處跑，自己到我熟悉的城市的角落與朋友見面、討論事情。真的很不可思議，若當時決定要負擔請看護，我會不會變成與現在完全不同的樣子呢。

我正式開始不協調的生活，開始了解兒子的不協調。我看不到，所以，走不快；我失去視力，因此，我失去閱讀能力。而當我理解到必須和自己的「不協調」生活在一起，我才恍然大悟我兒子的「不協調」。原來，講不出想講的話，做不到想做的動作，像那樣的「不協調」，真的會讓人氣得去撞地板。我終於懂在那種情緒的牽制下，兒子為什麼會在地上打滾了，這個環境會帶給他太多挫折，我真的懂了。帶著這樣的共鳴，我對兒子的陪伴，從幾年前只是依照心理師教的方法，到現在開始全心全意，用心去體悟。因為我不能夠有其他選擇，所以才決定花更多時間陪伴兒子。因為我身體的限制，才真正開始理解兒子，才開始體會到，他帶給我的，特別的幸福。♥

法國餐廳

「我準備要回法國了。」我大學時就長年住在巴黎的小叔叔，曾又回到台灣，開了一家精緻的南法料理餐廳。

「台灣待不住，想回家啦。」我打趣地說。

「嗯，反正你也沒事，要不要接下來。」點著菸斗，叔叔翹起腳淡淡地問我。

一開始覺得不可能，但仔細想想，現在也沒什麼事情可做。自從眼睛手術後，我就辭了臺南的工作，待在臺北。大半的時間，除了陪兒子幼稚園上下課，也就待在家裡不想出門。後來，家族討論的結果，也認為由我這個無所事事的人先接下來，是最好的選擇。

叔叔的餐廳是間做法國南部料理的小館，雖然今生很難再看到法國的風景，但是吃進那些食物，的確可以勾勒出我印象中的南法：陽光下收割了的小麥田，散發新鮮而香氣強烈的乾草甜味，嫩而多汁的香草烤製的雞肉、甜美馥郁的當令蔬菜；另一口則是春日正當時的五月，明媚的花樹粉白交織，花香在空氣裡達到濃度的頂點，卻是清甜不膩。

與外國廚師每天交流，可以從飲食去了解一個文化的歷史底蘊。我的廚師們從早上開始切碎細洋蔥、將蔬菜切成大小一致的丁塊、偶爾還有不同的水果，那些材料在我眼中像是莫內或雷諾瓦的畫作，看似繽紛但顏色卻非常難以辨識。廚師花上一整天去熬煮「湯底」，湯底的使用，是法國料理與其他料理最大的不同。湯，貫串了整個法國料理的文法。聽著他們熱情地捍衛著那鍋散發香氣的湯，跟著他們的腳步到各大精品超市採買調料，只因為少了那調味，就不能稱作是法國正統料理，在這之中，我學會什麼叫做欣賞品味。忙碌地與時間周旋的我，吃過了很多高級的料理，喝過不少美酒，但那時才知道所謂欣賞，需要花上很多時間了解、需要放下舊有的想法、放下社會上的身段。而這些條件當時的我都具備了，因此我在法國餐廳裡懂了怎麼去欣賞。這個原則讓我能在日後各個方面都取得喜悅，如同在一片黑暗中，爆開了一小簇一小簇煙火一般的各色漿果，味道鮮美又酸甜新穎。

對我來說法國餐廳很棒，但是餐廳正因為我這個無用的人而賠本經營。我的朋友們要花好上幾小時吃法國料理，因為上菜間隔過久，而無意識喝下超多美味的紅酒。除此之外，還讓我兒子的味覺變得更加刁鑽。

因為經常吃我從餐廳帶回家當作晚餐的食物，兒子的味覺不但沒有被速食破壞，反而更加精準，而且非常有他自己的堅持。我無法煮飯，因

廚房

此常帶他吃外食，雖然他無法以語言描述各自的優缺點，卻能夠很明確地表達哪個是好吃的，且標準不會改變，需要達到那個標準，他才會認為是美味的。在結束法國餐廳的經營後，兒子刁鑽的口味，就是我破財的開端。♥

離養活自己很遠

耳邊傳來餐盤碰撞的聲音，又是營業的一天。我穿上新的襯衫，想扮演好老闆的角色，但卻經常有心無力。餐廳裡各種橋段上演，客人花上一小時，扮演著期望成為的角色，優雅閒適地享用著一片狼藉的內場準備的美食。外場的陽光溫暖燦爛、碗盤餐具輕輕碰撞的聲響及人聲笑語，推進廚房卻是地獄般光景。這種矛盾感存在著，就如同我身體與心靈的矛盾感一樣確實，旁觀著這特別的矛盾，直視我的自我衝突。對上門光顧的客人表現出歡迎與愉快，對那時的我雖像是小小的謊言，但是一日一日重覆，這樣的情緒也內化到心裡，漸漸地似乎連心裡也開朗了一些。法國餐廳帶給了我很多的安慰，和走下去的契機，讓我與眼睛看不到後就斷絕聯繫的世界重新接上軌道。藉著來吃我的餐廳，手術後斷了聯絡的朋友遠道而來，非常多的朋友在那時光顧吃飯，重新與以前的朋友見面，回到社交的脈絡。如果我不遺棄世界，我就沒有被世界所遺棄，重新被擁抱，卑微的姿態我也甘之如飴。

啊，原來這是上天給我的真正的復健期啊。

但是餐廳依然是一門生意，生意有賺有賠，現實上的問題在於營運順暢的餐廳，多半是在脆弱的平衡上運行良好的小行星，容不下太多的錯誤，不能有太多額外的支出，更無法負擔一個無用的人，在本餐廳，那個人就是我。眼睛的狀態，讓我無法做到一個餐廳老闆該做的管帳、進貨、打雜，最多只能陪客人聊天、攬生意、做做公關，直白的說，對於一家規模不大，獨立經營的小餐廳來說，我是不折不扣的一介冗員。

當時除了姐姐常成為臨時帳房，媽媽不時到餐廳做各種雜事，連父親也時常現身在廚房，家族總動員，只為了彌補我所做不到的。久而久之，家人也發現，這樣是賺不到錢的，人事負擔不起我。就這樣撐了一陣子，父親決定結束法國餐廳的營業，也引發了我的不滿。

「當時去吃飯，整個餐廳都只有我們這桌啊！」結束營業後，朋友遇到我打趣地說。

其實，要說餐廳的營業額，都是朋友相挺，也是事實。知道我的狀況，大家連請客吃飯都會到我的餐廳捧場。不過，如果我想要站起來，這的確不是長久之計。

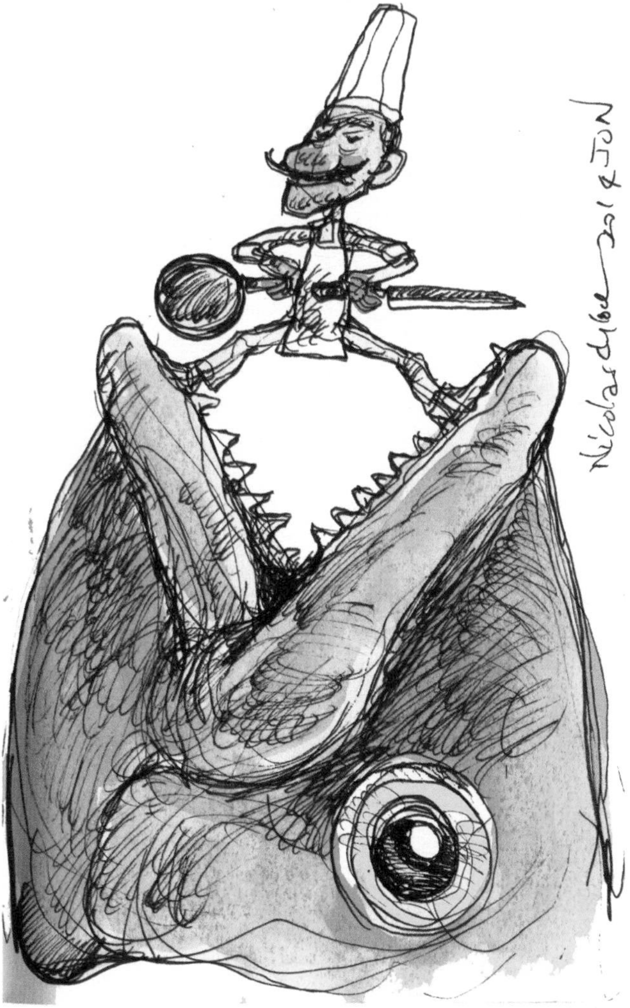

主廚

摸索養活自己的方法

「你眼睛也看不見喔，不然為何來這裡看診啊？」

坐在醫院的門診候診室前，會有些人因為共同的際遇開始攀談，這男子似乎也是。有些好奇他的遭遇的我，側身想聽他說了什麼。

「我真是運氣很差，就偏偏是我！」

過了五分鐘之久，發覺他一路只是自顧自的抱怨自己的狀況，絲毫不理會我、不理會外面世界給他的反應時，我暗暗驚覺，我並不想與這個人相處再多一秒。

更令我震驚的是，再這樣下去，我會和那個人一樣，全身散發黑暗鬱悶的氣氛。並不是世界要拋棄我，而是我先隔絕了世界。

有很長的一段時間，整個家因為我而處於高度焦慮狀態。我的情緒持續低迷，而身邊的人則是濃濃的擔心無處釋放，有種風雨欲來，一觸即發的緊繃感。

因此我總想要逃離開，出去透透氣，但當我想要隻身走出家裡，母親會非常地擔憂焦慮，請別人撥電話找我，直到看到我回家才能放心。因為她害怕我再也不回家。

「再這樣下去，真的會爬不起來。」腦中頓時出現這樣的危機感。

每當我發現自己又陷入憂鬱的泥淖，我總想到那個讓自己被拉進生命黑暗處的男人，我一定不要像那個人一樣。為了不要成為那樣的人，即使接近窒息地掙扎著，我也要擺脫心中的恐懼。

人生一路平順，就算遇到什麼不順利，也是牙一咬就過，沒有做過巨大努力的我，現在卻必須要非常猙獰的爬行。

我曾經深惡痛絕所有必需要用筷子吃的食物，因為那會暴露了我的弱點。因為分不清十塊錢和五十塊錢，我家和口袋裡總有一堆零錢，數不清多少次，像個小孩般把食物弄到衣服上。每天遭遇着如此小小的挫折，但那不是失敗，只要我不願意就此敗下陣來。爬行著想要往前的我的姿態既不優雅，又很醜惡，想要活下來，想要像個人一樣的活著，原來本就是難以察覺的各種慾念。似乎越接近死亡，越能夠看到生命慾望的原型。所謂的接近死亡，並不是生理上、肉體的痛苦所帶來的，而是靈魂上的絕望、乾涸。

透過那個自言自語的男子，我似乎聽到了警告，告訴我得快點重新站起來了，不要再可憐自己了，既然還想活下去，那就好好努力吧。

開始冷靜下來思考後，我更明確的了解到，父親的決定是對的，就算好玩、就算喜歡，我也不能夠靠著法國餐廳養活自己。

在徹底死心關閉餐廳之後，我開始四處輾轉，有什麼能做的就去做，選擇雖不多，但在山窮水盡時總有朋友打來：「有個工作，你想不想試試看？」

我的眼睛狀況、兒子需要的時間彈性等等限制下，大多數人應該會直接認為：「這人不行了，幫他也沒用吧。」可仍然不辭勞苦的為我介紹工作的朋友曾這樣說：「看到你有這樣的遭遇，還活著站在我眼前嘻嘻哈哈，就覺得不幫你不行。」

眼睛看不見之後，我曾過著每天在家裡睡覺等電話的日子，就像不紅的藝人等經紀人通告，沒事就睡到日上三竿也沒關係。曾經窮到去領失業救濟金；也有過在家裡睡上整天，餓到醒來還沒錢買食物吃。向很多朋友借過錢。想到還有兒子要養，朋友介紹工作，不論內容我都會嘗試。

新的工作讓我發現我已經無法像以前那樣工作了。以前我的工作主要在文宣、公關等競選重要的領域，別的不說，曝光度高看起來就很重要。我當時也很自負，覺得自己比人強。因為氣勢凌人，常和主管處不來，那時總會想：「大不了我自己做！」因此我經常天馬行空揮灑難以執行

脫下束縛

的計畫，做不到時就覺得沮喪、憤世、甚至怪罪他人。

眼睛看不見之後，我到底能從事什麼工作，這困擾我很久。是不幸也是幸運，機會不多，所以所有的機會我都先努力去試。減少了妄想，以目前條件衡量自己真的可以做到的事情後，就可以很平靜的面對以前會很快讓我到達臨界點、讓我煩惱的事。

我發現，我可以往前思考一百個步驟，但是我能做的，卻只有眼前這一步。我可以為了那一百步與人爭辯不休，卻還是要先完成眼前這一步。原來限制自己關注的點，「更少，的確能成為另一種力量。」而有意識的對焦，讓我對事物的處理方式與從前大不相同。盡量找能夠替我執行構想的人，成了第一個考慮點。

看到了以前看得見的自己常犯的盲點，進而學著把僅有的能力，擺在自己能做的事情上，是我能夠逐漸找到自己能做的事情，繼續留有一份工作，往前邁進的主因。

我正在做些什麼，雖然最後結果可能什麼都不是，但是我正完成什麼這件事本身，卻能夠帶來像腦內啡般的愉快，我開始覺得每天起床，迎接我的不再是失敗感，而是挑戰的開始。我開始在醒來的時候不再覺得悲傷，我開始拋開了自從眼睛看不見後，加諸在自己身上的各個枷鎖。慢慢地心裡的我開始邁開步子快走、然後奔跑、享受風呼嘯吹拂過臉龐、吹過頭髮，讓我的心也自由。

♥

甲蟲王者

等我的身體狀況恢復之後，我開始接送孩子上幼稚園。雖然兒子在家人的細心照顧下，情緒漸漸不會被瞬間引爆，但是，我開始憂心他能不能適應較規律的學校生活，以及他的情緒可能會被無心的同學點燃。

可想而知，我兒子的學校生活必然燦爛，果不其然，幼稚園中班念完上學期之後，家人受不了必須天天安撫他的情緒，改成在家學習。到了幼稚園的大班，他只有半天課，因為他會創造太多的狀況，例如：不願意參與唱遊課、不願意排隊、不願意認識班上同學，當然，他的情緒也就隨時在課堂間被引爆。

中班開始，在家學習主要由我這個待業爸爸負責伴讀，等到大班，孩子回到幼稚園，理當也是我每天中午去接他下課。下課後，永遠的下一站是帶他到玩具反斗城。在陪伴孩子成長的過程中，樂趣最多也最讓我傷神的就是遊戲陪伴。由於經歷過小紅跑車事件，我深切的理解到 **Wayne** 對遊戲或玩具有著相當強的固著性。幼稚園大班時，他已經不再收集火柴盒小汽車，不過，他迷上了甲蟲王者卡及神奇寶貝卡通影片，所以每天上午上完幼稚園之後，他就到玩具反斗城報到，筆直走到甲蟲王者遊戲機台，連續玩兩次甲蟲王者後，才願意回家。到了下午，他就會自動到客廳坐下，等著神奇寶貝卡通播放。原本我擔心孩子重回幼稚園的規律生活會有適應的問題，與我預期的不同，只要能維持孩子想要的規律，在甲蟲王者和神奇寶貝的陪伴下，他也就接受這樣的生活。

Wayne只念幼稚園大班，且只念半天班，難以打入班上已累積兩年情感的交友圈，加上他常常爆炸的狀況，很難交上新朋友。我除了擔心他有沒有玩伴外，也很擔心他不具備小男生應有的技能，因為這些技能，通常都是自然而然與朋友一起學的。

「好吧，只好由我這爸爸來當第一個玩伴了，我得有點計劃。」我暗自下定決心，一定要讓兒子具備其他小男孩有的技能，讓他有玩伴才行。

至於什麼是小男生該有的技能？就依照我小時候和玩伴學來的技能，再根據現在的環境和技術發展調整，歸納出三項重要技能：腳踏車、游泳和直排輪。雖然我強烈期待Wayne能學會這些技能，但是，以過去的經驗，我無法逼他去學，所以，我只能默默等待。

第一個登場的是直排輪，Wayne那時候是幼稚園大班，他和我一起去京華城百貨公司的玩具反斗城，當他買完玩具，看到一群小孩在學溜直排輪，他就在旁邊望著教練和小孩練習，久久不願離去。我看著他暗自竊喜，不久之後，他就高興地選了一雙他覺得很厲害的直排輪，加入這群小孩子的行列。

一開始，他表現出強烈的學習意願，努力地做到教練要求的動作，不斷地讓教練知道他已經做到了。很快地，他就到達入門班的門檻，進階到公園上課。這時候的 Wayne 也仍保有熱情開始練習，左右交換踏腳，起步、滑行、轉彎和剎車停止。隨著課程進展，幾個星期之後，有些小孩離開入門班到旁邊練習更進階的動作，也有新進小孩和 Wayne 一起學習基本動作，當然，教練也不厭其煩地教導 Wayne，他也持續又反覆地練習。在反覆了幾次入門課程後，終於，我耐不住地質問他：「你已經學會溜直排輪的基本動作了，為什麼你不到下一個階段上課呢？」而他的答案竟然是：「他們的速度太快，我不敢試。」

為了讓他有玩伴，我策略性地讓他繼續對神奇寶貝和甲蟲王者的深愛。雖然到了小學二年級，他都只有兩個一樣特別的孩子的玩伴，但是到了三年級，透過他對於神奇寶貝的知識，他成了班上男同學的神奇寶貝萬事通。

「我也有這個。」我不只一次看到兒子主動湊上正在玩神奇寶貝卡的其他小男生裡，很自然的搭訕，和他們一起玩。

為了兒子的潛能開發我不斷找課上，希望這些學習能給他不同的樂趣，建立信心，或者，多認識些朋友。過程中，我雖然被老師或班主任抱怨，但是，他也的確多了些學習成長的樂趣。然而，在這些各式各樣的學習中，唯獨體操課最讓我受挫。當時，有人建議，如果讓Wayne學習體操，不僅可以增加他的體能，也可以改善他的身體協調性。可是，試了才知道，對不協調的孩子來說，要維持平衡的體操真的是噩夢。練了二年體操，Wayne還是沒辦法做一般來說兩個月內學完的「前滾翻」，他的同學依舊是幼稚園大班的小孩。在上課的時候，他不吵不鬧，反覆練習教練教導的動作。在家他主動要求練習倒立，複習體操動作。但是，他不協調的肢體一再地挫折他想完成動作的意志。當時，我寧願不要看到他努力練習，卻沒有成果的辛苦樣貌。

不協調的肢體動作，一直都造成Wayne的困擾。對爸爸來說痛苦的是，我知道，但無法幫他，只能夠看著他再次做一個他會再跌倒的動作。後來，我們在仁愛國小創造了名為「希望教室」的空間，其中有一部分的「晨光時間」，就是讓小朋友在韻律球上，改善身體的平衡。♥

帶給父母希望的希望教室

兒子有一天很開心的帶回了一個小獎盃，我湊很近的看到「呼啦圈一〇〇下」這樣的字眼。天啊，我不協調的兒子竟然會搖呼拉圈了！已經國小的兒子，搖呼啦圈對他來說是非常困難的，但他卻突然迷戀上這個活動，瘋狂的練習。隔天我詢問了老師，據說他第一次測驗搖了一圈，呼啦圈就掉下來了。但是因為他看起來太失落，老師又給了他一次挑戰機會，這次他仔細的搖滿一〇〇圈，得到了他想要很久的金色小獎盃。

對一般的孩子來說很容易的事情，對這些孩子總是很困難。小學每年開學必辦的運動會，所有人都要參加的項目是「大會舞」，我的孩子總是和其他兩個孩子排在最後面，我根本看不清楚孩子的臉，但我可以模糊的看到幾個小黃點，比起整個隊伍，總是慢了半拍。坐在看台上，看著這幕，覺得很可愛的我忍不住有些失笑，卻聽到隔壁傳來啜泣聲，是排在我兒子前面小孩的媽媽，哭得滿臉眼淚。我原以為是因為兒子表現不佳，正想開口安慰。

「他終於可以跳大會舞了！」那個媽媽一邊哭一邊笑，聲音哽咽。

後來細聊之下，才知道她的兒子，是今年剛轉進來的轉學生。有些學校，不會讓特別的孩子，參加「所有學生」都該參加的活動。對於特別的孩子來說，那些隱藏不便和不尊重，就在各處上演，我也是在陪孩子讀小學時，一點一點地發現的。

我經常為了小孩進出學校，為了掩 Wayne 的耳目，我只有當愛心爸爸或參與家長會的事務，來當作藉口，所以我也沒有選擇地都參加。愛心爸爸的工作算是簡單的，每星期有一個早上要到 Wayne 的教室和同學互動。特別的孩子的家長總是要跑學校，也因此會互相認識。我對 Wayne 的陪伴開始的早，訓練得更紮實，在學校的家長圈子也逐漸博得名氣。而家長圈最感慨的是學校環境對家長不夠友善。

「學校只為學生服務，何必也為家長服務，況且，家長就應該信任老師，讓小孩融入教室的學習。」

「在小班教學的環境下，又何勞家長陪伴小孩學習。」

這言之成理的教育論調卻是一刀一劍刺入這些家長心裡，因為往往特別的小孩在學發生狀況時，家長就被召喚入校，協助解決。有時入校過於頻繁，有些家長只好在校園內外如遊魂般徘徊等待小孩放學。

當時仁愛國小的家長會長黃冠銘先生，也花了相當的心力和時間陪伴他的孩子成長。在他的小孩入學後，他也跟著在家長會及資源班盡心盡力的付出，化小愛為大愛。黃冠銘會長為了解決特別的小孩在校學習的適應問題，與當時的校長胡應銘一起構思解決方案，最後就由校方提供空間，黃冠銘會長提供整修資源，終於催生了希望教室。為了讓學校有更多的資源關懷特別的學生，他也義不容辭地當上家長會長，並且邀請我協助希望教室的運作。就這樣我成為了希望教室的志工。

希望教室也在學校裡提供了不一樣的空間，讓這些在教室裡會讓家長和老師頭痛的小孩，在早上的晨光時間到感覺統合遊戲室和家長及專業老師進行30分鐘的身體協調運動。這間教室也和希望教室一樣，都是由家長會和學校一起經營，裡面有許多專為特別的小孩設計的大型器具，希望能提供這些孩子更多改善協調的練習。

希望教室在剛成立的第一年，我為了多盡一份心力，每天早上送Wayne到學校之後，我也到希望教室「值班」，也因此有機會接觸到更多特別的小孩和家長。原本，每個家長送小孩到學校之後，心情未及轉換，就要回神面對成堆的家事或趕去上班，如果加上小孩當天上課又發生狀況，家長一整天就要蠟燭兩頭燒。有了希望教室之後，家長們有了讓自己喘口氣的空間，於是，當小孩在教室渡過晨光學習時間時，家長們就在希望教室分享每日心情故事。

透過在希望教室的分享與接觸，家長們成為彼此支撐的力量，除了在教室分享心情故事，偶爾也互相幫忙「代班」，還在學校的家長，幫忙照顧出狀況但爸媽還趕不到的孩子，對所有家長來說，都減輕很大的心理負擔。這是個特別的組織，是靠著學校的體諒、家長的努力一步一步建立的小空間，但卻能為特別的孩子與家長帶來莫大的助益。♥

希望教室的故事

在希望教室的值班時間，我聽到了各式各樣亞斯小孩的家庭故事。同學、玩伴和朋友，是希望教室的家長們最關心的話題，這些特別的小孩，偶而見面或是短暫相處，很難被注意到他們的特別，可是，像學校這種長時間，大家待在一起，他們在教室的一舉一動或是反覆無常的情緒、無厘頭的言語行為都會被看見，可想而知，他們應該沒有玩伴。

在希望教室進出的家長們分享一個共同經歷的故事，也就是面對自己的小孩從所謂的正常人轉換身分成為殘障人士的這一段心路歷程。或早或晚，這些特別的小孩大約在三歲左右就開始展露他們特別的行徑，例如：過人的堅持與挑剔，不斷電的超活潑，瞬間爆發的情緒。這個時候，家長頭痛的大概還只有周遭異議的眼光，或是，家裏長輩、親戚以及朋友間的鼓勵，和如何當個好父親或母親之類的建議。

可是到了小孩就讀幼稚園之後，他們的特別行為開始成為每日接送時的家長和老師討論的話題，上課不守秩序、不願參加團體活動、特別的身體語言等等。聽到的建議也令人不安，家長開始接收到去醫院檢查的訊息，因為頑皮、不乖已經不足以形容小孩的不同。另一方面，家長的生活圈也逐漸縮小，因為攜小孩參加活動經常是悲劇收場，他們總是不

城堡

配合家長的期待，表現出乖巧可愛的樣子，反而，刻意和長輩做對，丟盡父母親的臉。

一個媽媽曾經分享，在孩子被診斷出症狀時，她決心要陪着孩子，辭去工作，失去了生活中很大部分的自我認同。認為自己正在努力時，才發現在婆家眼裡，「生出了這樣的孩子都是妳的錯」。在陪伴孩子的每次堅持中，也失去了丈夫的支持。「沒有身在其中的人，總是看到自己相信的。而表面的狀況，往往比實際好了百倍不止。總有很多人認為我們是溺愛孩子，為什麼不打不責罵，為什麼不教，而是要自己拿剪刀把食物切的細碎再讓他吃呢，真是太寵孩子了。」她的孩子，其中一個病症是「食道過細」，因為食道造成的身體不協調，引發了孩子各種的狀況。

「如果我把食物剪碎，他就可以不要因為不舒服失控，那我當然願意去剪食物。如果我要教他，我也應該教他把食物剪碎的方法，而不是教他要跟其他人一樣大口地吃飯。可是，大家都會覺得是我錯了，因為我和其他媽媽不一樣。」媽媽一邊說一邊流眼淚。

這些困惑疲倦的父母，最後帶著孩子去醫院檢查，就會得到「亞斯伯格症、過動症、自閉症」的診斷單，宣告一段充滿疑問的旅程結束，開始知道為什麼小朋友總是和其他小朋友不一樣，在別人疑惑的問自己的時候有答案可以回答。更重要的是，開始身為特別孩子的父母修煉。

我們在教室稱亞斯伯格症孩子為「亞斯的小孩」，通常他們只是安靜地出現，不太和人打招呼，就像是溫馴的小貓。他們的問題是具備瞬間爆發的情緒和不怎麼合群的性格。過動症的正式名稱很長，注意力不足過動症，英文簡稱 ADHD，這樣的小孩很像精力過剩的小狗，他們永遠比媽媽早出現在教室，然後，轉眼間就又消失不見。有聽說過一個說法，不要把亞斯小孩和 ADHD 小孩放在同一個班上，因為他們是天平的兩端。極度需要規律的亞斯小孩，遇到一日三十六變的 ADHD 小孩，節奏會完全被打亂，最後很可能也開始表達不協調，導致整個教室爆炸。

大眾社會之所以能夠運行，就在忽略每個人的不同，集中管理的學校也是一樣。但能夠上學的亞斯伯格孩子，基本上處於灰色的地帶：沒有嚴重到不能夠自主生活，最終還是會踏入學校，但是各種無法控制的「過敏原」都會導致爆發。每種病因不同，總讓不了解的人無從解釋。陪伴著的父母親，經常沒被深入了解就被稱為恐龍媽媽、被貼上溺愛孩子的標籤，本來就已經很孤獨辛苦，又多承受了巨大的壓力。透過希望教室，大家互通有無，我也在常希望教室分享，早期就開始照顧 Wayne 的經驗與觀察。

對於特別的孩子的父母來說，怎麼做才是好的呢，我的陪伴需要理解他們的情境，因為大人們有時會忘記他們是個孩子，不會世故地隱藏自我的情緒。陪伴特別的小孩最困難的部分，是按捺自己的情緒，因為環繞陪伴者的是接踵而來的抱怨，是數不清的突發狀況，是他們時而激動、時而低落的情緒。我在陪伴我兒子有許多無法言語的挫折、有按捺不完的起伏情緒。我經常自怨自艾，要強迫自己忘掉挫折，忽視自己的情緒，告訴自己在持續的陪伴下，我兒子病症會改善。每天，我就在這樣的情緒裡，做著孤獨的自主練習。

♥

品味太好的困擾

不過，特別的小孩的爸爸，偶爾也有一般爸爸的困擾。

買玩具、衣服，找地方吃東西對於陪伴這些特別的小孩都是大工程，他們堅持自己的品味毫不讓步，或許他們能分辨出凡人絲毫不覺的差異。Wayne最喜歡喝的礦泉水是名模最愛的Fiji礦泉水，台北市有三家他喜歡吃的鰻魚飯，至於衣服，他有過人的品牌忠誠度，除了校服，一定選擇Fila或Stay Real，除非沒有他想要的款式。別想要勸他或罵他，只會讓自己生氣。孩子看起來一樣悠然自得，只有我自己生悶氣。

當Wayne展現了他的堅持時，我這個爸爸正處在只穿不怕弄髒的黑色、藍色衣服，因為眼睛看不清楚，連褲子都無法認真挑選搭配的時期。對於他的品味和堅持，剛開始我總會有不諒解的心，覺得麻煩、害怕養成他亂花錢的習慣、擔心他以後的能力會沒辦法負擔現在的需求。但是有天Wayne在挑衣服的認真樣貌，突然提醒我以前曾經是多麼混的小孩，連大學都連考了兩次沒考上，只知道抓頭髮和把褲子改成喇叭褲。想起我自己也很享受的，得到自己想要的東西的快樂感。這麼一來孩子的舉措似乎也沒那麼讓人煩惱。

過多的擔心似乎只會帶來衝突，在可接受的限度之下，放點空間，就能夠看到孩子的幸福笑容，給他一點小小的快樂，他不會變壞的。

兒子曾經迷上爭鮮迴轉壽司，常吵著要吃煎蛋壽司。後來我帶他吃過一兩次較貴的迴轉壽司後，他就很少再主動提起要吃。有一天我主動問他要不要一起去吃某家好吃的壽司，他卻搖頭說不用。很訝異的我忍不住問，原來他拒絕的理由是要花太多錢。

不再吃他覺得未達水準的壽司，卻也不強求能力之外的事。所以，我的擔心，有時候會發生，有時候好像是多餘的。

慢食

第三章

攀岩般的小提琴

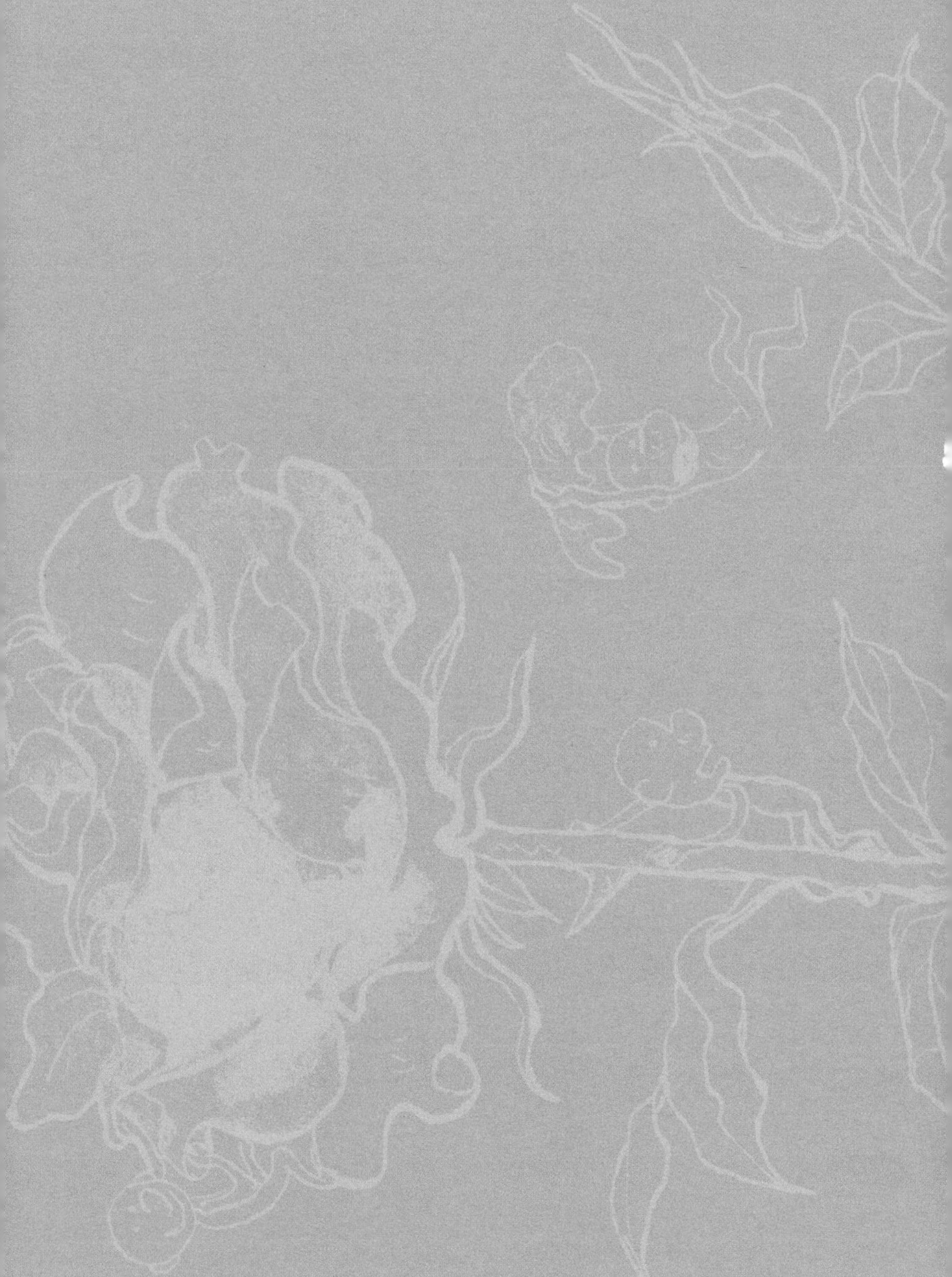

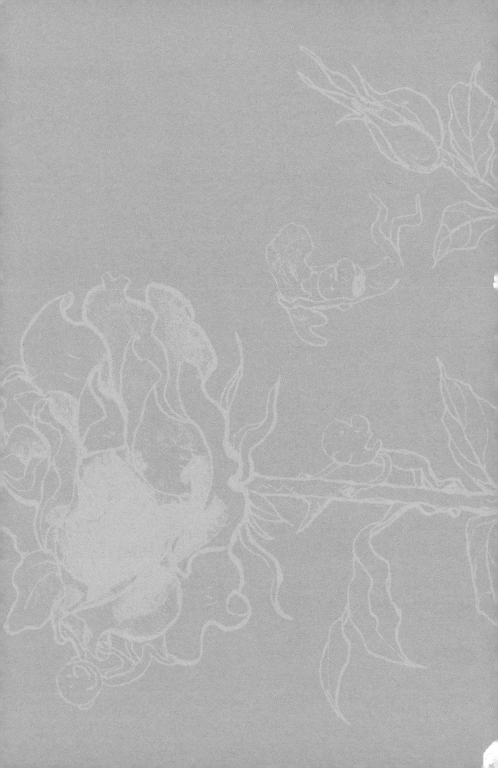

專屬他的規則

孩子愛翻我年輕時收藏的各式棋譜，他記得所有棋譜的第一手到收盤的每一手。在他小一的時候，鄰居的小姊姊教他玩圍棋，不久之後，我發現他對棋譜的記憶力，就帶他到圍棋教室上課。因此當他剛開始學下棋，進步神速，快樂地上完寒假入門課程，輕鬆打敗對手進級初級班。相較於低落的學業成績和不停被抱怨的學習行為，這個小成就讓我的望子成龍心態得到些許平衡。

他在暑假圍棋班的表現更令人刮目相看，整天待在教室下棋，休息時間也和棋友們玩成一片。隨著 Wayne 的棋藝不斷增強，我對他的成就也有越來越高的期待。然而事與願違，他下棋雖然不錯，不過有時進步神速，有時進步龜速；心情好時，下棋有如神助，屢戰屢勝，心情不好時，不僅棋亂下一通，還到處擾亂教室秩序，像脫韁的野馬。

當時我很希望他能夠升段，但在對弈裡，他卻有個不一樣的習慣。若對方沒有照著他認為「正確」的方式走，他仍然會照著他原本的方式下，並不會因為對方落錯棋而改變自己的下一步。他只單純的覺得「他走錯了」，但是堅持自己走「對的」棋路。因此對戰對兒子來說是不合適的，若他算出這盤棋他將輸幾手，他就會直接放棄，在他的腦迴路裡，沒有搏殺讓對方出錯而得利的考量。

兒子在靜態的才藝上有自出一格的規則，在動態的技能上又有肢體上的限制，因此他所有的才藝都沒有持久的照規則玩下去。只有小提琴，奇蹟般的他陪伴他好久。

一開始學習小提琴，是因為兒子展現了興趣，每個陪伴練琴的家長總會認為學琴只是小孩的興趣，他能快樂學習就好，不必然要經過檢定的過程。本來，我也抱著這種心情，Wayne 能學琴多久，我就撐著陪他，儘管，過去兩年的才藝養成過程已經夠驚嚇，一路上都是災難現場。

果不其然，從上課到練琴，我兒子不斷挑戰我耐心的極限，他從打開琴盒、立好譜架、放上課本到開始上課，老師已經準備下課；他不喜歡背指法，總是堅持自己的演奏，也不接受指正。不過，一旦他心血來潮，可以記住琴譜，拉出令人訝異的琴音。有了圍棋的經驗，也為了對自己好一點，對於他的行為表現，我盡量不去干涉或設下期待值。就這樣，我們家晚上斷斷續續的有「動聽」的小提琴聲音。

兒子的小提琴之路走得比其他才藝都久，很大的契機，來自台東海洋音樂會。♥

海洋音樂會

兒子暑假快到了，我頭也越來越痛了。就像從回學生時代，我每天期待暑假來臨，和我的兒子一起從煩人的課業中解脫。只是，我多他一個煩惱，漫長暑假，我們如何度過？剛好，我的朋友到台東工作，有個房間可以提供我和我兒子度假。於是，一個為期十天的台東假期就此展開。

我們居住的地方是位在知本地區的原住民部落——建和部落，古稱射馬干。這個部落的特色之一是有一群人為了陪伴部落小孩成長，四處募集資源成立部落書屋，提供孩子讀書、上網，以及課後輔導。不僅如此，書屋的人還教部落的小孩玩音樂，從彈吉他、組搖滾樂團到打森巴鼓。最早成立的小董事樂團已經出了一張唱片，還包辦專輯的詞曲創作。為了鼓勵小孩玩音樂，書屋每季都舉辦社區音樂會，部落的家長除了出席音樂會，還得幫忙搭舞台，張羅各項物資。當時，我被邀請到台東玩的時候，還不知道這是一個充滿音樂的部落，甚至，知道兒子在學小提琴的朋友，已經幫我兒子答應在每年一次的海洋音樂會裡演奏小提琴。

初到部落，我兒子還沒來得及扭捏作態地認識朋友，就開始在部落裡遊走，到學校操場玩球。過了一天，他就忙著和部落的小孩分享玩具，一起到雜貨店吃冰、喝汽水。有時候，他在玩球，他的朋友則在練鼓準

海洋－音樂

備音樂會的節目。逐漸地他意識到將在音樂會表演這件事，他的朋友有時也會感興趣地摸摸小提琴琴盒，問他：「這就是你要表演的小提琴？」不過，這些氣氛還是驅使不了他練琴的動力，我兒子還是喜歡和他的朋友奔跑在部落的街道。

音樂會是在我們台東假期的最後一晚，一大早，我們就和部落的人到表演場地，那是一個海水浴場旁的大舞台，完全不是我理解的社區音樂會，舞台上不只有燈光、音響，連爵士鼓、鋼琴都搬來了，舞台下還擺滿了兩、三百張板凳。一整天，除了我兒子一直在戲水區玩水，大部分的小孩都忙著表演前的最後練習。慶幸的是我兒子「藝高膽大」，輕鬆地完成彩排。到了晚上，情況出現了改變，他開始吵著，要找一個安靜的地方練琴。而且，他還煞有介事地調音，反覆練習他較易出錯的段落。這對我來說，是多麼感動的時刻，這是他學琴以來第一次主動且專心的練琴。陪他走到後台，我到台前準備為他拍攝表演過程，看著他不慌不忙走到演奏的定位，頗有架勢地夾琴、拉弓，一首三分鐘的曲子他就這麼嘰哩嘎啦地演奏完畢。在我鬆一口氣的同時，台下竟出現如雷的掌聲，觀眾們毫不在意我兒子不成曲調的小提琴演奏，他們用一樣的熱情鼓勵異鄉的孩子。我兒子接受主持人的短暫訪問後，就隨著掌聲和歡呼聲走下台。這種令人訝異的熱情還不止於此，隔天早上，當他走在部落的街道時，遇見他的大人總會對他說：「你就是那天拉琴的小孩嗎？你拉得很好，明年再來表演好嗎？」更不用說，我兒子當然成為那群部落孩子的偶像。

自從那次海洋音樂會後，兒子改變了練習小提琴的態度。他會在意琴音是否準確？他會聽著旋律是否悅耳？我也不用動怒就能催促他每天進行小提琴的練習。更重要的是，他在其他方面的學習態度也改變了。他願意較花心思地寫完學校的作業，也願意花力氣在他較差的功課上。還有，他知道練習會帶來進步，進步會帶來肯定。他做事情的時候，經常展露出專注的神情。他的身體有較好的協調性，情緒的起伏也和緩許多。

當然，人生不是電影，我不會天真地以為，一場音樂會可以如神蹟般地改變我兒子。但是，我相信，我兒子在那裏得到他需要的鼓勵，足以協助他多認識自己。而我，在這場音樂會更體認到，對於一個孩子存在於世上，願意為別人表演，海洋邊的人們就願意給予肯定與掌聲，跳脫了音樂表現、音樂技巧，不用大人自己少得可憐的音樂底子，去質疑孩子做的好不好。只是真誠的讚美，就能夠讓兒子有如此不同的表現。

年輕時到英國留學的我，曾經驚訝地發現那些外國同學就算整天什麼都不做，不讀該讀的書，不做該做的事，就只是窩在宿舍，一群人一起喝酒隨便聊天，也不會有罪惡感。那時從台灣去的我，雖然在台灣也是混大的，卻還是有「該這樣過的生活樣板」，那時我似懂非懂，碰觸了一點點不一樣的生活形態。

最後，我卻在台東碰到一樣生活態度的人們。而在陪伴兒子的過程，對他表現不佳而感到憤怒不耐或責罵的自己，發現我在讓自己和兒子在生活裡得到快樂的這個科目，拿了不及格。

♥

我們都努力了！檢定考試通過!!

剛從台東回來，Wayne 未減海洋音樂會的熱情，每日維持十五分鐘的練習。小提琴老師注意到他的認真，也回應了他學習態度的改變。隨著些微進步與改變的累積，Wayne 得到更大的肯定：老師鼓勵他參加英國皇家音樂檢定初級的測驗。

如同我倆父子慣有的劇碼，Wayne 的決心就是我的災難警報器。當他決心要參加檢定，我只好多了解一些檢定的事。英國皇家音樂初級檢定是偏向鼓勵小孩的目的，只要有些樂理觀念、音感聽力並能按著節奏拉完曲子就能過關。聽完音樂老師的解釋後，似乎不難，我天真地以為 Wayne 能輕鬆過關。於是，初級檢定大作戰開始了。

首先，增加了基礎的樂理和音感、節奏課程，看似嚴肅，其實，老師用說故事，遊戲的方式帶著小孩子學習。沒想到，Wayne 仍舊像在幼稚園一樣，排斥這樣的上課模式，他不願意唱歌，打節奏，只能自己坐在一旁，看大家上課。至於練習檢定曲目的部份，Wayne 展露自己對音樂的品味，他一直依自己設定的節奏，忽快忽慢地拉完曲子，並且堅定地認為他這麼做是對的。

雖然他討厭上音樂課，但 Wayne 並不排斥準備檢定。我和他跌跌撞撞地準備了幾個月，Wayne 的學習行為也因著這樣的準備有了些許改變，過程中，他願意聽從老師的指導，也開口唱了音階。其實到後來，我已不在意 Wayne 是否通過，因為他的學習狀況進步不少，已經從每天十五分鐘到每天練習三十分鐘的小提琴。

就這樣，初級檢定的日子到了，我和 Wayne 來到英國皇家音樂檢定的考場，我看到一群家長和小孩坐在一排排的椅子上，等待進入考試教室。Wayne 和一起來的同學打打鬧鬧，看不出他緊張的樣子，徒留爸爸一人，內心百感交集。

Wayne 依不同的項目到教室去接受評審老師檢定，這些程序 Wayne 也演練過，只要他沒有突如其來的情緒問題，應該可以過關。雖然我在教室外聽到斷斷續續的音樂聲，但是，我只能不安地期待他的演出正常。隔了幾個月，檢定成績終於揭曉，我拿到他的檢定成績，密密麻麻的英文字看不出通過與否，經過老師解釋，恍然大悟，Wayne 低空通過皇家初級檢定！當天就帶他去買禮物鼓勵他。

他的檢定考通過，我真的很開心。因為兒子第一次努力的把一件事情做完了！對我來說檢定過不過，在準備途中就已經不重要了，但是兒子這樣徹頭徹尾的完成一件事，對我們的陪伴過程，是很重要的進步！

隨著越來越成熟的琴藝，上了三年級的 Wayne 通過學校弦樂社團的檢定，進入弦樂社的B團。不同於初學的團體班只是跟著老師隨著音樂節拍一起演奏樂曲，這些合格的提琴手們被分成了一、二、三部，由指揮老師帶領，進行合奏樂曲，已然是略具雛形的樂團。一開始，Wayne 很高興地參加團練，學習和大家一起演奏，漸漸地熟悉學習的環境，認識了新朋友，看著他跟著團員進進出出練習教室，我也有了如釋重負的感覺。

好景不常，因為 Wayne 不喜歡看指揮老師的指揮棒依著節奏拉琴，經常自顧自地拉琴、放砲，影響隔壁的團員的表現。有時候，他的情緒不穩定，就會厭煩反覆的伴奏練習，開始一直說話、故意拉錯，然後，整個分部就開始騷動，接著，整個弦樂團就出狀況。有時，Wayne 在分部練習時，就故意不配合，在教室跑來跑去，影響大家的練習。

這些情景和抱怨在我陪伴 Wayne 的小學生活和音樂學習的過程裏早習以為常了，也因為如此，弦樂團長張宛誌、樂團老師張幼青反而能協助我了解他為何有這些「令人髮指」的舉動。跟著指揮老師的節拍，他有時會出錯，我也逐漸發現那不是他故意的，只是他的身體協調性還不夠，所造成的差錯，甚至，他因此生氣，出現他也控制不了的行為，才開始造成大家的困擾。

瞭解之後才知道要如何對症下藥，為了改善他在肢體協調性以及拉琴時的節奏問題，在樂團老師的建議下，我請了一個陪練老師協助他練琴。

由於這位陪練老師還是個大學生，脾氣很好、個子也不大，所以很得 Wayne 的緣，每週一次的一小時陪練，他總是安份度過。於是，上課加練琴還有弦樂團的練習，Wayne 待在音樂教室的時間也就越來越長，他也開始和其他人一起玩樂器，有人彈鋼琴，他就在旁邊拉小提琴，有時，其他的團員有空，大家也會湊在一起練習合奏，潛移默化，他在弦樂團的情緒問題也少見了。

在樂團的練習中，Wayne 的穩定度逐漸改善，其中最大的力量是團體的練習過程，他必須聽別人的演奏，才能避免放砲。聽着老師的節拍與指揮，專注力也能提升。在弦樂團的共同學習環境下，Wayne 對音樂的興趣也越來越廣泛，他開始吵著我要學鋼琴，雖然我很高興 Wayne 喜歡音樂，可是，一想到他初學小提琴時的景象，我也猶豫不決，是否該讓他多學一項樂器？後來，樂團老師突發奇想，與其花腦筋再找一個願意接受 Wayne 的鋼琴老師，何不讓陪練老師教他鋼琴，一舉兩得，老師不用再找，Wayne 也沒有適應問題，於是，我就快樂地付錢讓他學鋼琴。

♥

加入節奏樂隊

一天，Wayne 帶回一張家長同意書，希望參加學校的節奏樂隊。一時間我愣住了。

因為領隊是他的班級導師，也是他經常抱怨管很多但對他很好的老師。

由於這個老師認為，小學三、四年級要學習守規矩，要多一些要求，小孩子才能改掉一、二年級的行為，慢慢成長。另外，這年紀的小孩在學習上也應該嚴肅一點，因此，這位老師在課業上設計很多獎勵制度。當我在期初的學校日聽完導師的教學理念說明後，心想，Wayne 能夠適應這個老師嗎？上學不要遲到、中午吃完營養午餐、乖乖睡午覺，每天把作業寫完，還要字體工整，等等。當老師把這些規定放在 Wayne 身上，簡直是災難再度降臨。

我只好每天早上把 Wayne 叫醒，在他神智不清時，就穿好衣服、背上書包，陪他上學。趕在鐘響前，進到教室，完成第一項要求。晚上回家，幫他看過功課，確認完成聯絡簿的工作項目。經過一週接一週的努力之後，我心灰意冷地認為，Wayne 不可能達到老師的標準拿到點數，逐步累積得到獎品，也煩惱我該如何應付他面對的學習挫折。

沒想到，他的積點開始增加！Wayne 認為他的努力得到鼓勵，功課越做越起勁，而且對導師的抱怨也減少了。我終於忍不住問他，你到底用什麼方法得到點數？他回答，老師對我很好，只要吃完營養午餐、睡午覺、沒遲到，寫完作業都可以得到獎勵，而且，別人都沒有。為了這件事，我特別到學校感謝老師，他卻淡淡地說，每個小孩本來就不一樣，當然要用不同的方法鼓勵他學習。

帶著喜悅和對未來隱隱的害怕，我簽下了家長同意書。

加入節奏樂隊之後，除了弦樂，一下多了很多樂器：手風琴、口風琴、節奏樂器的鼓、三角鐵、響板等。因為 Wayne 正在學鋼琴，所以新加入的他就被指定到口風琴。很快地跟上樂隊的進度，因此得到一些學習成就，也就更願意練習樂器。原本他只需要練三十分鐘的小提琴，現在多了二十分鐘的鋼琴，也增加節奏樂隊的團練。

更讓我欣喜的是，Wayne 的交遊也廣濶了，校園裏，他有弦樂團的朋友，有節奏樂隊的朋友，也記住班上同學的名字。在這段時間，Wayne 隨著弦樂團或節奏樂隊在學校活動表演，在音樂的表現上得到很多讚美。

陪伴孩子的音樂路，我就好像在攀岩一樣，攀上岩壁，四肢並用，專注每個可以運用的支點，撐起身體，緩緩登高。在旁人的拉繩協助下，偷得喘氣歇息的機會，以為來到甜蜜點，轉過身，又要面對高聳的峭壁。

♥

難以攀登的小提琴

想當首席，先過檢定

小提琴的學習很快難度提高，進入險升坡，曲子長度超過一分半，旋律及節奏明顯複雜許多，而且，老師教學進度加快，對他的要求也越來越嚴格，從節拍、音準、到拉琴的姿勢。Wayne 在這個時候也意識到同儕間的競爭壓力，因為弦樂團的所有團員，在每個學期初，必須參加甄試，指揮老師依程度將孩子分成 A 團和 B 團。學期中，指揮老師會依據團員的表現調整演奏的位置，通常從第三部、換到第二部、第一部。因此，Wayne 也在意每次團練時，能否逐漸調整到第一部拉主旋律，而不要在第三部拉伴奏，當然，他也和其他的小小提琴手一樣，最希望能坐上 A 團首席的位置。

這時候他更主動要求參加英國皇家音樂的第三級檢定，根據小提琴老師的說法，檢定的標準是要求學生能具備小提琴演奏的基本技巧和樂理，因此，Wayne 必須每星期至少練習四天，每次超過四十分鐘。可是，依照他現在的練習狀況，要達到那樣的要求，Wayne 還會想學小提琴嗎？如果他放棄學習，我該如何面對？這些年的心力和金錢不就白費了，或者，我該怎麼陪伴學習，鼓勵他做到這樣的練習量？於是，我開始了全新的作戰計劃，和老師一起設計獎勵的方式，只要他達到練習時間，就可以積點換獎品。起初，他在獎品的誘惑下，還能達到目標，不久之後，Wayne 練習的時間雖然勉強達到，可是品質太差，老師認為他根本在浪費時間，毫無學習效果。第一期作戰計劃宣告失敗。

不久之後，我親自下海陪練，這是來自音樂科班姊姊的建議，主修大提琴，也教了幾年的兒童鋼琴的姊姊認為，Wayne 目前學習的重點還在基本技巧的提琴練習，以及拉些有節奏變化的曲子。然而，這類的基礎練習，像是拉長弓、換把位、升降調的音階練習等等，小孩子很容易感到厭煩，所以，為了讓 Wayne 能專注練習，不要產生厭煩的情緒，一定要有一個能讓他專心的人陪練，而且，陪練的重點在於能夠讓他專注練習超過四十分鐘。

作戰計劃擬好了，兒子指定要檢定，眾人迴避，爸爸只好領命出征。於是，我每天下班後，就到音樂教室報到，聽著節拍器，打節拍，陪 Wayne 練習，至於我能否聽出音準、音質，根據姊姊的說法，不用擔心太多，只要隨時提醒 Wayne 注意節拍和姿勢，他就會拉出正確的聲音，曲子也不會難聽。日積月累，我越陪越專業，不僅可以不用節拍器就打出節拍，還可以聽出 Wayne 拉琴的姿勢是否正確，因為他只要分心，拉弓的位置就會跑掉，聲音就出現分叉。終於，檢定有驚無險地結束，兒子照樣生龍活虎跑跑跳跳，已經累得半死的爸爸卻開始緊張樂團甄選。♥

獨奏選秀

「你今天不要來練團教室。」兒子在校門口一本正經的跟我說，今天是他準備了好久的選秀會甄選。

在樂團甄選時，總共有三個人競爭獨奏的機會，Wayne 是其中最小的，較不被看好，雖然我也認為如此，但是我還是持續地鼓勵他。鼓勵他可不是能輕忽的工作，因為每次在家練習時，從開始到結束，他總是在喃喃自語：「我沒辦法贏得獨奏的機會，我不想練習了，我不要上台，上台很可怕。」所以，我這次陪伴練習的考驗就是隨著 Wayne 的情緒起伏，適時地給予鼓勵。

到了選秀當天，他不准我出現在樂團，而 Wayne 除了在出門前繼續抱怨：「我為什麼要參加甄選？反正，也不會贏我幹嘛要去。」也沒有其他狀況。晚上，Wayne 從樂團回來，我感覺他的情緒正常，於是問他甄選結果，他冷冷地回答不知道。家裡此時一片沉寂，直到 Wayne 的競爭對手打電話恭喜他贏得獨奏機會，氛圍才改變。

後來，樂團團長在演奏會後描述當天的評選過程，那次甄選，三個小孩競爭得很激烈，Wayne 的表現最好，也是練習最認真的學生。但是，三位評審老師中對於給誰表演機會卻有不同的意見，三位評審其中二位是分別是弦樂團團長和指揮，另外一位是外審。根據評分規則，三位評審老師除了考慮學生們現場表現外，也要注意練習的態度以及曲目是否純熟。毫無疑問，Wayne 表現的最好。只是，他在過去的臨場表現不良，經常出些小狀況，Wayne 代表演出的話，大家很有壓力，外審老師則認為既然評分規則，沒有過去表演紀錄的考慮，為何不給 Wayne 一次機會呢？就這樣，Wayne 贏得這次甄選。

爸爸的中間檢討

我的朋友曾在 Facebook 上留言：「相較於建興的努力……我們只有佩服……要發掘小朋友的興趣並且持之以恆……直到建立他的自信。」我必須要在此懺悔，雖然我一開始只想要孩子多一個興趣，提升專注力，盡可能的多些同伴，但是隨著孩子表現越來越好，我也長出了貪心和執念，就像所有的家長一樣，即使我兒子是這樣的特別，我仍然期待他有特別的能力，將來能夠成龍成鳳。

當所有的要求都減到最低時，卻能感受到愉快與安定。無病無痛的時候，希望功成名就，對未來有各式各樣規劃與想望，栽在各種當下對未來的想象繞不出來。但是當遇上事情，卻發現自己對孩子不知不覺產生太多的貪婪，即便知道孩子本身的狀況，卻隨著時間過去，逐漸麻木地將慾望強加在孩子身上。成為眼中只有自己的父親，看不見孩子其實並不快樂的神情。

只要孩子對什麼有興趣，我就會為他安排，我不會知道這會帶來什麼答案，但是捫心自問，就算給我重新開始的機會，我應該還是重複一樣的輪迴。就算我心中只想著他快樂就好，我還是會忍不住為他安排，為他張羅，希望能為他竭盡所有我能力所及的，成為了典型的，最後可能也幫不上孩子什麼忙的父親。我的確經驗到這種身不由己，為人父母的心情。

與兒子相伴，我總在自我衝突中搖擺，我想要這樣告訴我特別的兒子，就算他總是沒辦法正正經經的下一場圍棋，無法做到直排輪的進階動作，體操一場糊塗，小提琴的聲音沒有進步、被認為不可能往專業再進一步，在學校和老師總起衝突，考試卷不是飛到教室外，就是在及格邊緣飛過，這些都沒有關係，只要健健康康就好，就這樣更健康的長大吧，同時我也會老去。就這樣過著我們能過的生活，我們之間的快樂，累積在過程，而不是你最後成就了什麼。

就算已經搖擺衝突了十多年，最近國二的孩子要準備高中升學的相關事項，我仍必須時刻提醒自己，不要迷失。

♥

望子成龍

站在樂團前的獨奏

當他站在台上拉出第一聲時，我開始緊張了，因為傳出來的琴音是僵硬的，斷續的，彷彿我兒回到初學時，百般無奈地被迫練習。每一個樂音就像用鋸子鋸在弦，上凌遲台下聽眾的耳朵。第一小節、第二小節，一節一節過去。

第一段慢板樂曲拉完時，我沒感受到樂曲該帶給人的憂傷，反而讓我的心跳加速，腦袋混淆，擔心他會表演受挫，從此一蹶不振。一群人在台上荒腔走板，不成曲調的表演完畢。此時，我的心情矛盾，掙扎該催促自己趕快按下相機停止鍵，不再記錄令人不安的表演，還是該繼續錄影，等待我兒扭轉情勢，在接下來的炫技時，震驚全場。無論如何，我還是和週遭的家長一樣拍照、錄影、在Facebook上貼動態。

終於來到炫技的部分，此時我整個人亢奮起來，這一段音樂已經陪我走過四個月。一開始他選擇這首曲子，爭取獨奏的位置時，我幾乎不敢做任何期待。他會在音樂會時，站在台前和伴奏的弦樂團一起拉出這段炫技；只是，他會及時恢復正常，和指揮取得默契，帶領樂團奏出扣人心弦的變化嗎？

我的呼吸暫時停止，眼睛盯著他的雙手，耳朵豎起，等待接下來的快板能流暢地在他的左手指間輪轉，右手的弓能穩定地在琴弦上跳動。為了這一段炫技，他從 YouTube 找到喜歡的小提琴家的演奏，下載放到他的手機，反覆地聆聽，練習。每次的樂團練習結束後，回到家，他就會擔心自己沒機會爭取到獨奏的位子；每次練琴結束後，兒子又會扭捏作態地抱怨自己拉的不夠好，不想參加甄選。

指揮打出拍子的速度，關鍵時刻，我想我這輩子沒這麼緊張過，腎上線激素應該分泌到最高點。我兒終於恢復水準，順暢地拉完炫技的部分。表演結束，我差點興奮地起立鼓掌。接下來，我被邀請到台前演講，分享家長心情。這時候，我心神未定，語無倫次用略帶哽咽的聲音說出這幾年陪伴我兒學琴的過程。♥

音樂王子

我從小到大一直懷抱音樂的夢想，幻想自己穿著西裝，手拿著小提琴，一步一步走向台前，拉出扣人心弦的樂音，然後，掌聲響起，享受登台表演的喜樂。然而，我少了音樂的天分、又缺少持之以恆的練習。小學開始參加合唱團、學鋼琴、練吉他，高中打爵士鼓組樂團到工作之餘吹吹薩克斯風，只是沒有一項樂器，我可以拿來登台炫技。當然，夢寐以求的音樂王子稱號也就不曾與我有關。

Wayne 在準備樂團獨奏甄選的過程，也在學校音樂老師的鼓勵下在音樂課表演小提琴，班上的團康活動中也會被同學指定表演。在音樂會結束後，我終於忍不住問他：「老師說：你在班上表演小提琴還蠻受歡迎的，難道，班上女同學沒有人幫你取綽號？」這時候，他意味深長的看了我一眼，默默走到他的書桌，拿出一疊卡片，其中一張寫著「音樂王子」四個字，而且是女孩子署名的。

愣愣的看著卡片，怕說出什麼多餘的話的我，現在應該可以說出我當時的想法了：「孩子，你還是像我的！」♥

瘋狂提琴手

黑幫老大執行長

「讓我們往海邊出發吧！」戴上墨鏡，擦上厚厚的防曬油，一群小孩踏上熱辣辣的台東。

在陪伴 Wayne 練習的期間，我進出音樂教室的次數也日漸頻繁，和在這裡練琴的小孩熟悉，他們幫我取了一個很酷的外號「黑幫老大」。除了因為我的墨鏡造型外，Wayne 早已在此把我渲染成很凶而且生氣很可怕的人。

經常和這群小小提琴手混在一起，我也動心起念，如果自己也學習一樣樂器，不就更能體會這些小小提琴手練習的心情。於是，我開始了薩克斯風練習，學幾首和他們一樣的曲子，偶而，他們玩心興起還幫我伴奏起來。不知不覺間，我注意到都市裡學習音樂的環境是貧乏的，聽不到蟲鳴鳥叫，也感受不到季節的變化，對這些小小提琴手來說，四季就是夏天到 7-11 買冰，冬天買關東煮的差異。韋瓦第的四季，春夏秋冬在旋律裡變化，花草樹木、雨滴、冰溶化為音符跳躍在樂器之間，而他們只能從曲目的導聆中感受作曲家讚嘆那遙遠歐陸的美好景象。感嘆之餘，有時和音樂老師聊起當年和 Wayne 到台東部落的音樂經驗，在那裡，音樂是自然存在於山野、房舍之間，孩童們白天在街道間嬉鬧，晚上他們也在那裡練習祭典的舞蹈，大人在庭院圍圈聊天，享受夏夜的涼爽，隨著話題變化，情緒起伏，就隨興唱歌。在那裡，孩子的音樂是用身體學的，整個人泡在自然的音樂氛圍。回頭看到這些小小提琴手認真地在琴房練習，他們的眼睛盯著譜架上的琴譜，耳朵聽到的是夾雜節拍器聲響的琴音，圍繞四周的是灰白牆壁，而他們的音樂是用腦袋學的，總是聽到家長的督促聲。

有了台東的經驗，加上孩子暑假漫漫，想幫孩子找個夏令營，偷得幾日閒情。這種尋常的私心，對於有特別小孩的家長，竟然變得如此困難。像我兒子這樣隨時會爆炸的孩子，絕對是夏令營客氣關上門說再見的熱門人選。Wayne 上了三年級，找到一個他可以參加的夏令營變得越來越急迫。由於有台東假期的經驗，我也就發了一個小願：幫 Wayne 辦夏令營，主題就設定為音樂，地點就是充滿陽光的東海岸。號招了一些朋友，我們就朝著東海岸出發！

沒想到夏令營一舉辦，我成了「黑幫老大夏令營執行長」。家長們一試成主顧，越來越多特別的孩子加入，得到了好評，隨著兒子上小學與中學，我這個黑幫老大執行長，也已辦過音樂夏令營、旅遊夏令營、揮灑汗水的籃球夏令營，每個夏令營都有其他特別孩子家長的幫助，自願成為領隊，才能夠這樣一屆一屆的辦下去，現在已成為不需要我這個黑幫老大執行長，也能夠持續下去的大型活動了。

先前我還接到一通電話，今年的活動是到國外旅行的夏令營，有兩家家長領隊，其他家長可以不用陪同，得到片刻的休息。像這樣大家互相幫助，我們才能夠在這條不容易的路上走得更遠。♥

持續不斷的每一日

我最近最苦惱的事情，莫過已經國二的孩子，接下來的升學問題。前陣子偷偷安排，誘騙孩子在我的朋友面前做了點音樂測試，在大學教授音樂的朋友認為如果要邁向專業，他必須要更加強基本功，簡單的說，就是練習、練習、再練習。

兒子的各式才藝，放棄的多。但是小提琴，一直以來一直堅持著，最近可能是感受到壓力，練習品質下降，時間變短，討論高中是不是要進音樂班時，明顯想拒絕我的討論。

但是我還是想誘導他堅持，不需要成為專業，不過我希望他在這個年紀，能夠有一次從頭到尾完成一件在他的極限以上的事，這樣的經驗。

因為，我深知與我相比，他將面臨更以金錢、權力、滿是物質為考量的環境。以他的狀況，一定更辛苦。因此我更希望他能從頭到尾，硬著頭皮完成一件事。學會不放棄、學會拼搏，嘗過這樣的滋味。而弔詭的是，要孩子學會拼搏，父親要先學會放手。我一邊希望他可以學會拼搏，又一邊想幫他創造一條好走一點的路。所以，煩惱又煩惱，我只能一邊忍耐，一邊等待。

陪伴兒子，我最常做的事情就是等待。等兒子下課、等兒子去治療、等兒子自己給出答案、等兒子情緒結束。等待，因為擔心結果不如預期，在等待的過程中，克制搖擺的心情，真的是最難的。陪兒子準備檢定也是如此，好像我先預設了結果，就會特別不順利。

與兒子相處，我學到不要預測結果、不要妄想操作結果，讓過程是在範圍內進行的，其他都放手，開始等待，那最後就會是好的結果。

「我暑假要去音樂班練小提琴。」在我們針對小提琴冷戰了一陣子後，兒子一天下課提起了這件事。

「噢，為什麼？」孩子難道開竅了，我喜出望外的問。

「我不想要上暑期輔導。」他說。

最近，兒子又繼續練起小提琴了。

練習、練習、然後感受到其中的滋味，開始體驗到另一個境界的快樂，是我的陪伴最好的註腳。

♥

第四章 每日練習曲

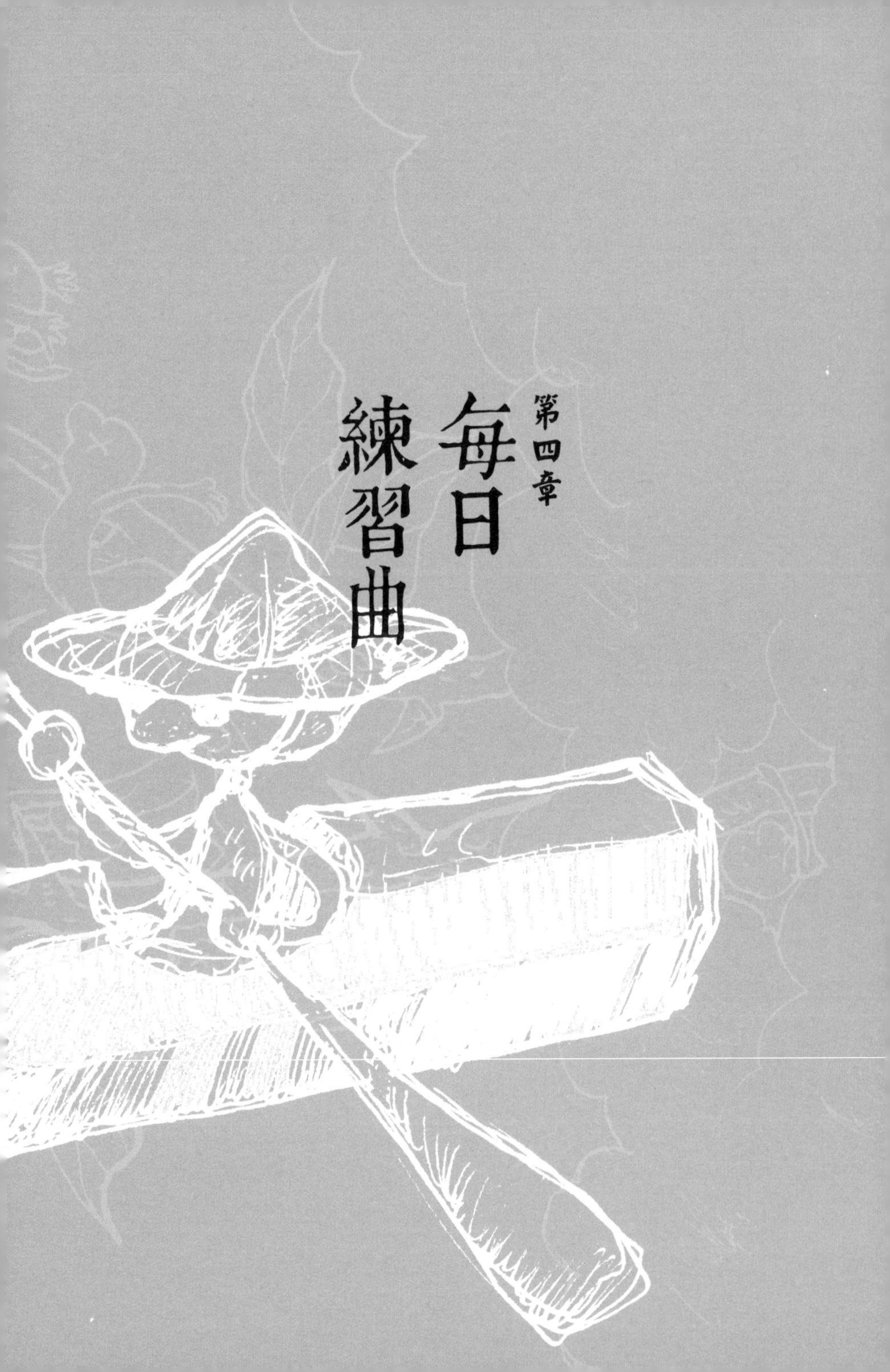

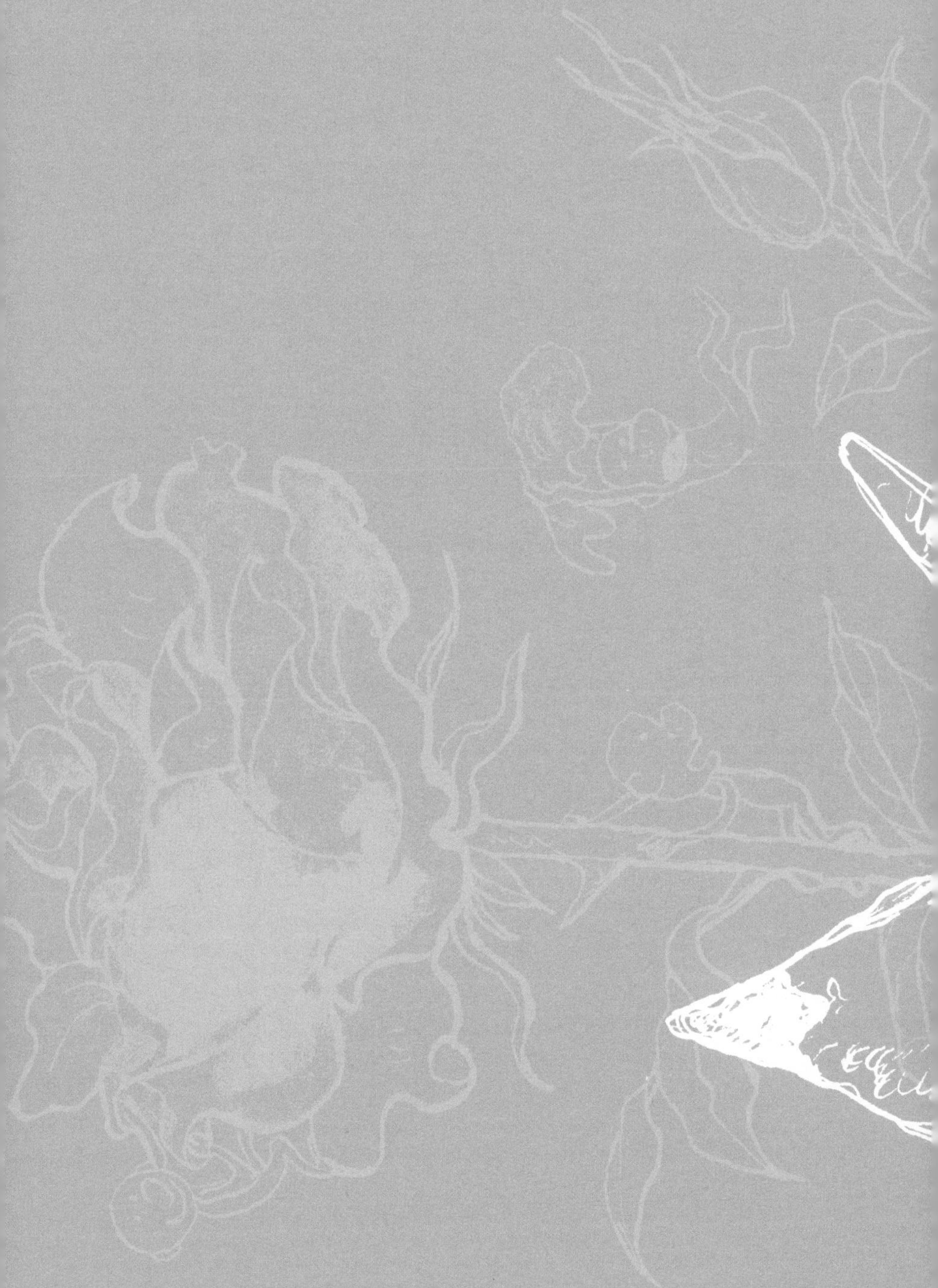

兒子開始練習困難的指法，只要錯誤，就得重來，他只好持續練習這小節。在旁邊聽著他練習，我的思緒飄回昨天突然流淚的自己。

失明後的內心傷口

一開始眼睛生病，睜開眼面對每一天，都是困難的。我很難形容那是什麼感覺，巨大的事件發生了，試著處理外在狀況，最後，才是處理自己內心的傷口。

當我從醫院結束手術、出院後，醫院對我的責任就結束了，但是我知道我沒有被治好。雖然我嘗試去適應沒有左眼視力，右眼又很模糊的生活，但最困難的卻不是維持生理機能，而是面對傷殘的事實。

眼科的手術是非常專業且精緻的項目，病人在這部分能做的其實並不多。

視網膜相關的病變，醫學界發現已久，也迭有療效：一九七八年，榮總就購入了第一台精密的眼科手術用機械，進行和日本醫療水平相同的高端眼球手術；一九八九年，在眼科之下成立了視網膜科；並於次年開始做眼內填充物的手術。

現在每年召開的視網膜病變學會，所討論的話題已經來到了視網膜再生、電子眼等一般人想象不到的領域。這個領域的病理研究，可說是發展得很前端且完整。因此只要進入了這項療程，就會有專業醫療評估與各種配套措施，但在醫生用精準的步驟透過醫療機械進入眼內進行手術，用雷射光燒灼視網膜上的裂孔時，並沒有辦法同時治療即將失去視力的我們的心裡的裂孔。

透過手術，可以阻止玻璃體的液體流到視網膜和內壁的間隙，阻止剝落災情擴大。但沒有一種手術，可以阻止我們驚惶失措恐怖無依的靈魂自我放逐、離家出走。

越是已經有完整療程的疾病，就更容易傾向制式化的處理，更容易讓病患覺得自己的人生如此大的改變，卻被視為是制式體制的一環，自己的感受與衝擊被無視，更加重患者的自卑。

一夕之間，生活天翻地覆，再也無法回到原狀。對我來說，那種明明前幾天都還好好的，怎麼突然就失明了的衝擊，即使我已經適應了生理帶來的不便，心理的陰影還是很難走平復。即便現在，我談及這些事情，仍會忍不住哽咽。

最近幾年，我開始比較規律的生活後，認識了很多不同的人，不管是工作夥伴還是朋友，都曾這樣詢問我：

「我有深度近視，有沒有可能是網膜剝離？」
「我會看到小飛蚊該怎麼辦？」
「我該不該動手術？」
眼睛疾病，是現代人的共同煩惱和危機。
有陣子，好友邱顯洵（本書插畫者）也常常來找我，與平常不同的聊些不著邊際的事。後來我才知道，原來那陣子他眼睛狀況不太好，所以他其實是「使用畫家的敏銳透視力」來觀察我，想知道，如果眼睛狀況很差，要怎麼生活。
各種的談話裡，最讓我驚訝的，是其他動了重大手術的人，他們的家人會來找我，想要我去陪傷者聊聊天。那種手術後，對於人生的不理解，對自己的不諒解以及周遭的愧疚，只有經歷的人才能夠互通，就像我對兒子的理解，來自我自身的不協調。我直到那時，才明白，為什麼兒子在幼稚園的時候，最討厭唱遊課，因為他做不到他想要的律動。我也懂他討厭學校的心情，因為整天的課程裡，有太多挫折他的東西。
越聊就越驚訝於術後自我治癒的過程大多類似：從不願意接受，不想要手術，到被迫執行讓自己變得與原本不同的手術，開始適應完全不一

暗黑前進

樣的生活方式。

動完所有手術出院，開始「生活」才是挑戰的開始。

每一天，都像是至親喪禮結束後的那個晚上，一切的喧囂、親友的關懷照顧都退場，留下的只有寂寞。痛苦在快要陷入睡眠時襲來，留著自己一人面對無盡的黑暗與絕望。

我到底是如何過到現在的呢？

我沒有正確答案，也沒有可以照著執行的步驟。我能做的，只有在每一次負面情緒來襲時，重複嘗試著面對傷痛的練習。現在我知道，痛苦即便深刻不堪，都會慢慢減低。或許有一天，我們會感覺不那麼難過，我們會帶著傷疤活下去。但是，這對現在的我來說，仍然是困難的事，我仍然在練習，就像兒子練習著困難的曲子，重複的練習那同一個小節的指法。

我的眼睛，左眼因為視網膜剝離非常模糊，右眼因為黃斑病變完全沒辦法看到，但我還是能夠感受到光線強弱，透過不同色差（我無法判斷準確顏色，只能稱色差）去稍微看到輪廓。透過這僅存的能力，我建構了新的視覺資料庫。基本上以我家為中心，延伸到我家走出去到公車站的路線，以及公車站下車後，走到各工作地點的路線。如果到遠地出差，就一定需要當地人陪伴。

現在，我可以一個人出去討論事情，吃飯，做些住在臺北最基本的事情。現在的我，開始回到很類似一般人的生活，只是，我隨時可以感受到以前沒發現的環境的不便。

無障礙空間的障礙

我已經觀察眼前這對男女一段路了，在熙熙攘攘的台北車站，我們都是要轉搭捷運的人，女人推著男人的輪椅，身上掛著大包小包，要下無障礙坡道，卻因為坡度太大，必須死命拉住輪椅，以免滑得太快。見狀我忍不住歎氣，上前出聲要幫忙拿些包包。

「謝謝！謝謝！」女人一邊道謝，一邊用有點困難的角度，經過無障礙坡道的斜角。

直到放回她的包包，她仍然一邊抹著額頭上的汗一邊說謝謝。明明只是提了兩個包包，卻得到太多道謝。在這段時間，許多的行人，默默的經過我們身邊。

臺北有很多無障礙空間。但是，那就像是給「另一群人」的特別通道。對我們來說，不便存在於各種自己也想不到的地方。我可以坐公車、坐捷運。但是，我常常看不到進站的公車是哪一班車，除非它在我面前停下來，讓我有時間判斷。

我腳上穿著一雙 **Hunter** 的便鞋，因為它的材質讓我不會一旦踩到水坑就陷入整天腳潮濕的窘境。走在騎樓，我仍然常被不同顏色的瓷磚色差造成的高低感給騙，常常差點摔倒。我與孩子，並不是外表看來就不方便的人，得不到特殊待遇，我們更能感受到「正常環境」帶來的不便。柏拉圖說：「待人要仁慈，因為你所遇到的每個人，都正在經歷艱苦的戰鬥。」在眼疾後，我才能理解，也才多了點寬容。

對孩子來說，這些障礙存於無形。他曾困擾的問我：「他們為什麼只跟我玩神奇寶貝卡，不跟我玩其他的遊戲？」沒有人希望自己的孩子被孤立，但是環境對於「不同」並不友善。

不一樣，不代表是「不良品」，就只是不一樣而已。

死亡的恐懼讓我活著

一如往常的起床時間，睡夢中我想著得去把兒子叫醒，決定要睜開眼睛。有點奇怪，和平常不太一樣。四周非常黑暗，毫無平常能感受到的光線。忍不住探向應該存在的窗子，觸手是冰涼的窗框。「糟糕，我看不到光影。」

那是在我以為自己已經克服眼疾的不便，打算重新開始正常生活，甚至對自己能夠重新站起來有點驕傲的時候，突然我什麼也看不見了，陷入真正的漆黑世界。

比起之前的絕望、恐懼，那伸出手在眼前揮擺卻什麼都感覺不到的黑暗，真正讓我感受到死亡。第一次，我在遭逢眼疾疾患時的疑惑得到解答：「原來，我不敢去死。我一點都不想死。」面對全然的恐懼，我只剩下懦弱。每個人的生活，都像是一座蹺蹺板，隨時可能傾斜。站在我生命中，多次天降重物而傾斜的蹺蹺板上，我只能努力往翹起來的那邊走，希望可以不掉下去。因為，我是個懦弱的人，我害怕掉下去。

之所以如此害怕，是因為我嘗過掉下去的滋味，那次全盲，雖然過了一陣子逐漸又好轉了，但卻一棒打碎了我的驕傲與自尊心。我一直在對自己的未來評估，以過去為依歸判斷，心存僥倖，可說是從來沒有準備過接受自己會全盲的機率。就算念頭曾經一閃而過，也不敢認真去想。因為那次經驗，我重新體認到危機可能就在轉瞬出現。在偌大的危機之前，小小的不便都成了雲煙，我必須要去活滿我能活的每一天，珍惜那些珍貴的瞬間。

即使眼睛看不見，自視甚高的自己，還是常常會陷在要拜託別人就覺得丟臉痛苦的情緒裡。但是自從那次體驗，我開始從無謂的自尊中釋放了。事實證明，我無法隨心所欲的規劃想做的事情，沒辦法百分之百的自主，生活有大半部分是依靠著其他人，如照顧著家裡的母親、挺我到底的同僚、打從心裡照顧我的朋友。那我就承認我自己是這樣的人，就這樣活吧。

「根本沒人在意我。」這其實是人之常情，我能做的就是儘量把事情做順，而不要去幫自己拱架子。「我已經無法和別人爭位子。」重新開始工作，我領悟了這個道理，也發現這讓工作很順利。更多人願意幫助我了，因為我很無害。既然如此，我就更直率的表達我的想法，克制那些拐彎抹角的習慣，更重要的是，我想要降低：「他是針對我」這個先入為主的糟糕想法。

即使有時候其他人看我好像不在同一個頻率，我也不在意了，反而，工作變得開心了。

我真心開始珍惜當下我擁有的，不再為工作的小挫折憤怒，真誠的向幫助我的人道謝，欣賞在我身邊發生的小小事物，感激我仍活著。我繼續往前走，是因為害怕，但繼續往前走即使痛苦，卻也逐漸讓我得到許多不曾經歷過的美好事物。♥

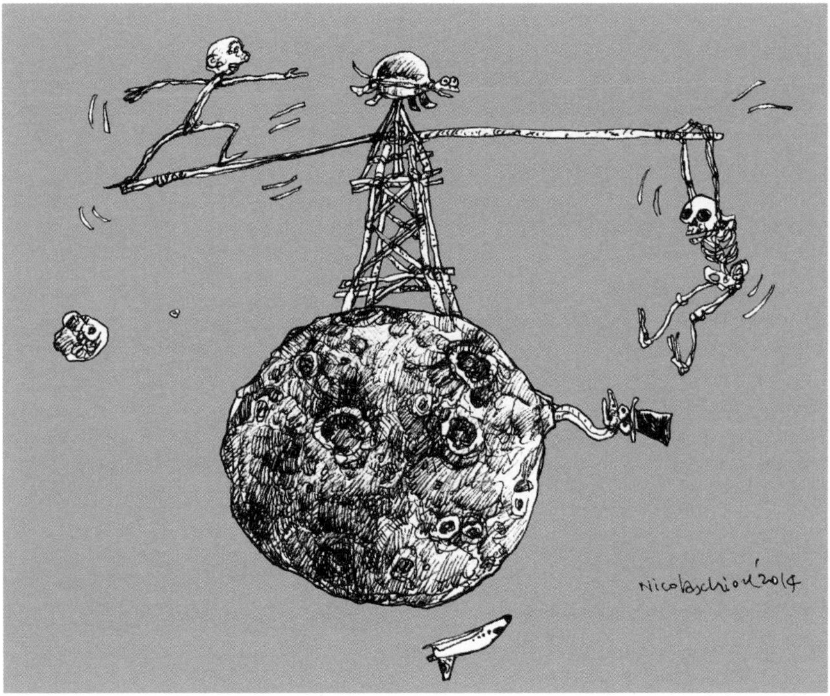

維持平衡的翹翹板

遇見野獸派

就像我常看著兒子的腦袋，懷疑他現在到底在想什麼，現在的我最常被問的也是：「你到底看到什麼？」

這個問題，原本是周遭朋友的禁忌，不過最近越來越多人問我了，我猜這也表示我慢慢的治癒了。當時，問題的答案反而讓我自己感到困惑。到底是過去我看的清楚，現在看不清楚？還是我看到的不同於別人看見的？或是，我以為注意到的，其實是不存在的事物。

在日常生活裡，這些拗口的想法不只是哲學式地存在，更時時提醒我失去視力後的種種不便。我總是分不清楚地上是平坦或有些小顛簸，上下階梯是我生活的小困擾。有好一段時間，我最無奈的挫折是，一直以為穿著黑色的衣服，卻是深藍色或深綠色。因為一直戴著墨鏡，我的世界沒有白色。有個小優點是，我總以為身上的白衣服潔淨無比。當然，後來我學會，儘量避免穿白衣服出門，以免惹出令自己尷尬的處境。

這種視覺資訊缺乏的生活，對我來說，適應，只不過是學會對尷尬處境的釋懷：對於餐會時夾不到食物、衣服弄髒這種事，不再感到介意，可以笑笑帶過。真正感到失落的是，從此我不再有對視覺的想像，物體帶給我的感受不再有視覺上的刺激，取而代之的是聽覺的、嗅覺的、觸覺和味覺的歸檔。當我吃到一顆新鮮的青豆，我可以回想它的清甜多汁、用筷子夾起來的滑溜，但是，它是翠綠的嗎？還是水煮後有點皺皺的？這樣的視覺元素，從我的眼睛手術後，開始遠離了我的生活。這雖然不至於讓我憂鬱自傷，卻是潛藏內心深處的遺憾。

好友邱顯洵在提到馬蒂斯（Matisse）的故事之後，我突然燃起了渴望，想要重新訓練我的視覺想像。

顯洵說，馬蒂斯到了晚年，視力變得非常差，手也無法畫出細節變化，他於是改用其他的工具創作，他開始使用剪紙拼貼去創作。另外，他也改用色塊，各種色彩鮮明的色塊，取代線條來表現。馬蒂斯在晚年轉變了方法之後，新層次的創作引發了更多共鳴。比起原本勾勒出華麗的形體，那些簡單鮮豔的色塊，反而觸動了更多內心深層原有的律動。

故事還沒講完，我已經對這位喜歡畫美女的藝術家有不同的評價，也開始比照學習視覺不足的視覺想像，這不是用來與他人溝通，而是重新用視覺的方法，表達我所認知的世界。我開始照相，有時候照出來的相片，會很像我看到的世界，模糊、無法對焦、充滿奇怪的光線。那些照片，給了我一個解釋自己看見的世界的機會，勝過醫師的千言萬語。♥

在心裏和父親和解

從上次去醫院手術回家之後，父親越來越消瘦了，偶爾想攙扶他，手腕皮膚變得好薄。

父親是傳統的人，鮮少像現在的父母親那樣與孩子相處，在我的童年記憶裡，他一直都是沉默寡言的。破產之後，他表達的更少，我也從不曾真正去了解父親。在我出生的年代，父親是應該要被敬畏的，孩子是要聽話的。我與父親稱不上親近。

我在考上臺大時，第一次感受到父親的認可，第一次聽到父親聲音裡為我感到驕傲，或許我一直在追求這種感覺。

當我眼睛手術後，我在病房裡聽見父親用台語問護士：「他接下來會怎麼樣？哎只要還能看到一點就好。」

父親一直在醫院照顧我，因為全家只有他有力氣去撐住我移動到浴室。我已經年老的父親，用力把我的手臂拽在他肩膀上，努力把我扛起來，他的身體傳過來的力氣，都讓我覺得自己好糟糕。

在醫院裡，家人們討論我以後如果沒辦法工作該怎麼辦，我第一次聽到他喃喃說：「如果沒有破產就好了。」我聽見他聲音裡的遺憾，我知道他的意思。「如果沒有破產，幾個看護我都請得起，我的兒子根本不用出去工作，一輩子待在家裡也沒有關係。」

我父親並不是吝於給予我愛，對他來說，愛，可能就是讓你吃飽，照顧你，過得好。我曾經很希望他能以我為榮，而父親卻認為，只要健康，就算沒有成就的待在家裡也沒關係。以往我並不理解，因此當父親決定收掉法國餐廳時，我對他很氣憤。

「我明明做得到，為什麼不讓我證明？」比起事實的正確性，我更糾結的是父親對我的感覺。可是，兒子和父親要的好像真的不一樣，直到陪伴著我的孩子成長，我才逐漸理解當父親的想法。

雖然有了心理準備，但面對親人的離開，似乎永遠沒有準備好的一天。然而要適應他的離開，並沒有那麼困難，因為他一直都不是會強調自己的存在感的父親。但是，我卻越來越從和兒子的相處裡，想起他，像回到某些與他共處的記憶裡。

沒有機會去理解父親，與他相處時間並不長的我，開始與兒子共處，卻隨處都有父親的影子。我也開始驚訝於自己和父親相像之處。

我有時候覺得，這世界似乎只有我一個人緬懷他，感覺有些寂寞。每一天，我依舊領著兒子去上學，他開始偶爾可以搭公車去上課。但每次他總是帶著我繞遠路。有一天，我不解的問他：「從仁愛醫院前面走，不是比較快嗎？」

兒子沉默不語的往前走著，默默吐了一句：「我不喜歡那裡，壞事都在那裡發生。」在仁愛醫院動眼睛手術的我，和最後在仁愛醫院住院的阿公，他用這種方式，沉默的記錄著傷痛，總讓我覺得，我要更主動開口、要更了解他才行。與孩子交流，似乎像和父親做著無言的對話，我越覺得自己和心裡的父親和解了。

似乎最後，對於表達不足的愛，我們都只能夠和解，而不能強求。就算我對兒子投注了那麼多的愛，他卻時刻提醒我，我們都仍只是獨立而寂寞的個體。以前我以為我付出的努力，理應得到一枚成功的勳章，得到高處最美的花。那就像，努力生兒育女，給他們最好的資源，但最後他卻還是離開你，不會朝你要的方向走。無論對父母、戀情、職場、各種人際關係都隱藏著這部分，最終我們都相分離，卻仍然糾結於對方無法給出期望的表現，為此傷心。

所有人都必須經歷這段失落，只是，特別的兒子讓我更早經歷了這個事實。他讓我知道，或許我們有緣同行一段路程，可這不代表他必須要為我負起責任。我對他好，我陪著他成長，我給他我能夠的最好，盡我所能的當個我認為是好的爸爸，這些並不等於他要成為一個好兒子，或是他要對我表示感激、拍肩鼓勵，更不代表他不做這些事，他就是壞兒子。

或許你會說，當初你為他做了那麼多，你也可以不用對他那麼好啊，你大可以像一般父母一樣對他，盡你的義務就好。這很難解釋，但是，被付出而沒有回報的不甘困住，只看見付出，看不見付出時的快樂，是我們的慣性。對我來說，一開始對孩子的陪伴，的確是出自義務，是不完整的。儘管他的心理治療師一再提醒，他有「不協調」的問題，但是我還是很難感同身受，當一個三歲的小孩有表達困難，他的需求無法被滿足的時候，情緒會是多麼高漲，內心是那麼氣憤。我總以為，「語言表達能力發展遲緩」只是一個病，我兒子只需要我陪著他「矯治」，這個病就會從他的身上消失。有時候，我還會「催眠自己」：有這種病的小孩通常是個天才。我盡力的陪伴他，可是陪伴他的過程，我並不幸福。

但是，等到我眼睛看不見，我真正開始不協調，開始痛苦，開始理解，那時對孩子的陪伴，我卻得到了最珍貴的、奢華的幸福。可是，那時候的孩子並沒有回過頭來拍拍我，說我做得好，說謝謝你陪我，他還是在自己的世界裡獨舞。我只能從中取走我付出愛之時的喜悅，不能得到對等的愛情。

唯有這樣，我才能夠獲得平和的快樂、奢華的幸福。

♥

愛的代價

一起走一段路

「走著路，你通常在前方，而我在後方，知道前方是你穿著學校藍色外套的身影。對我來說，這是多年如一的光景。」眼睛不方便之後，我鮮少獨自嘗試沒走過的路。週一到週五的早上、黃昏，這是我所能感受到的風景。

我的眼睛出問題之後，兒子有很長一段時間，不讓我自己走。他會安靜的與我並行，讓我攙扶著他的手臂，牽著他的手。

等他又長大了一點，小學高年級，開始有些男孩子的脾氣之後，牽手變得有點困難，但他仍然不放心我自己走。他會牽著腳踏車，一臉漫不經心的突然站到我旁邊輕輕把我擠開，然後比平常大聲的說：「老爸走那邊。」

我的兒子是很淘氣的，小學四年級回家突然說：「我從今天開始要叫你老爸。」就不再叫我爸爸。我的左耳在國中二年級的嚴重車禍裡受傷後重聽，左眼從視網膜剝離後就看不見了，有時候，兒子會故意站在我左邊，讓我找不到他。當我開始轉動身體尋找他，他還會跟著我轉動，直到他覺得不能再嚇我了，才突然跳出來。他的自得其樂，總讓我愕然失笑，想要揉揉他的頭髮，卻總是被他輕易躲開，只能再次看他在前方的背影。

我與孩子的距離，似乎是這樣忽遠忽近，而我知道，有一天，當他準備好，距離終將拉開。最近朋友也開始勸我不要再黏著孩子了，這似乎代表我最近進階到跟普通爸爸差不多的位階，真是可喜可賀。現在兒子已經可以與一般學生不發生太多衝突的相處，他的症狀因為發現的早，得到了比較多的體諒和即時的緩解，因此慢慢轉變為較輕微的情況。

雖然他永遠不會成為一個社會上認為值得驕傲、有高成就的孩子，但是他能逐漸回到普通的生活，在國中的班上開始有幾個比較好的朋友，他們不覺得他是「怪怪的人」，願意在下課時間找他聊天，會在放學後出去玩，會一起相約線上遊戲，而老爸也開始有了擔心孩子沉迷線上遊戲，這種普通爸爸的煩惱。兒子好像越來越不需要我這個老爸了，除了想換新手機、想買新衣服、想吃好吃的東西的時候，對爸爸的關注漸漸稀少。

不再被兒子需要，隱約帶來失落感。雖然我工作也日漸忙碌，不再過著在家裡躺著等電話的「不紅藝人生活」，可是在外地出差，或在外面談事情晚了，還是會惦記著兒子應該要定時打來的電話。

「你去哪啦？」電話打來不打招呼，劈頭就問的兒子。

「我在外面開會啊。」我說。

「那你吃飯了嗎？」他問，兒子想要我幫忙帶便當嗎，要不要難得的幫他帶點愛吃的壽司回去呢……

「我還沒吃啊，你呢？」我喜滋滋地說。

「我跟朋友吃過了，你要吃飯啊。再見。」

果不其然，還是有電話，只是質量令人傷感。他上國中後，成績一樣不好，他不再畫畫，開始把國文課本的人頭剪下來，貼到其他地方，編成一篇篇故事。他不再與我分享，他把很多時間花在學校、音樂補習班、花在與同學一起打電動，不再像小學時期，願意與我玩永無止盡的剪刀石頭布遊戲。某段時間開始，孩子開始用他自己的力量，越走越遠了，我還是一樣，並不是非常了解他。

他決定要準備考高中音樂班時，我大喜過望，他只淡淡的說：「這樣其他人在上暑期課輔時，我可以去練習小提琴，反正我本來就討厭課輔。」

兒子漸漸長大，逐漸離開，即便不捨，卻是身為父親值得慶幸、深藏

父子同樂

的不捨。雖然花了這麼多努力，我仍然只能夠在他練琴練得肌肉痠痛回家時，幫他按摩下肩膀。

我不是在某個瞬間頓悟，所以從眼疾的挫折好起來。我不是在某個瞬間就懂得如何當我兒子的爸爸。我只是，也只能夠，持續每一天的練習。和孩子一起生活，看著他漸漸長大，能夠一起走一段路，單就這件事，就是一種幸福。

【寫在後面】不能輕易拋棄的珍貴

顏惟親

我習慣稱呼黃建興為黃顧問，還記得黃顧問首次提起這本書，是在我告訴他，我準備離職回雲林老家後的下一次會面。「這樣你比較有事做。」他說，「我眼睛看不清楚，需要有人幫忙整理內容。」既然都已經考慮到我回雲林的空白時間，我又怎麼能不答應呢。

一開始與黃顧問見面、討論，其實都在聽他的故事，慢慢的，顧問從採訪時偶爾見面的夥伴，成了一個更有厚度與細節的朋友。進入職場後，要結交新朋友，並不容易，如果透過這本書，能讓你認識一個有毅力又樂觀的大朋友，和一個特別酷、卻心細柔軟的小朋友，也算是我的收獲。

等到聊天出現了重複，我們開始收攏細節，安排入章節。然而準備寫成書的時候，新的討論又出現了：是要寫一本和眼睛保健有關的書？還是養育特別孩子的書？似乎無法兼顧。幾經波折，我們嘗試書寫兩個不同的生命軌跡，短暫重疊的珍貴時光。這是已經被從許多不同角度切入描寫，卻依然難解的：父親和孩子之間的愛。

越是梳理，越發現世上沒有理所當然存在的愛，即便是天生骨與血相連的父子，都需要花費力氣維持；有時候在維持的過程中，心神會被消耗、會感到疲憊。但也就是因為花了心血，才能體會愛的重量，以及不能輕易拋棄的珍貴。就像收藏多年，保養良好的寶貝，散發特別的魅力。

回到雲林開始參與這本書，對我來說也是一種整理：整理真正關心的人事物，試著去修補、維持，肩負起擁有感情後所帶來的沉重責任和輕盈的快樂，理解兩者其實是並存的。

【最新增訂】

寫在《生命中的美好陪伴》多年之後：以陪伴亞斯兒子的經驗，陪伴亞斯市長

黃建興

亞斯伯格人，不見得在每件事情上都做得很好，但這方面他們展露出來的坦承與認真，絕對值得好好學習。

陪伴亞斯小孩的家長，往往有製造無限焦慮的自我煩惱循環。當小孩適應了上課環境，就開始擔心同學之間的相處；擔心學校功課、考試成績、上課秩序……。最後，還要擔心亞斯小孩長大之後，能不能適應社會、找工作……

多年前帶著 Wayne 參加台東建和書屋的海洋音樂會，認識孩子們叫「陳爸」的陳俊朗（甫於日前心肌梗塞過世，慟！）。「孩子找到成就感與價值，就是我最大的動力」，是陳爸認真耕耘與堅持的沃土。在這裡，陪伴成了更純粹的生活享受。看著這群孩子從音樂、自行車、獨木舟，自由自在的放開感受，用感官體驗生活中各種刺激，「書屋」就像是家長與孩子們的享樂天堂。

我靜靜的看著 Wayne 在社區裡跑來跑去，在奔跑的過程中，催動自己的身軀，感受跳動的心臟，體驗著不同的人生感受；當他在音樂會上拉著他最愛的小提琴時，我也在台下陪著、聆聽、拍手。

回到現實生活後，Wayne 開始面對高中音樂班的考試。這一次，我無法再扮演「陪練者」，只

能在旁邊看著他，面對各式各樣的挑戰，從學科考試到術科演奏以及試唱、樂理、聽寫的「小三科」。

越來越能讓人放心的小海馬

高中三年的音樂班，Wayne 的生活似乎不一樣了。我不用再那麼擔心他的學校生活，除了他一直遲到、一直不在意課業。一晃眼間，他竟然要考大學音樂系了！！

雖然大家都在批評現在的大學入學的制度，對於 Wayne，這個制度倒讓他起死回生，置之死地而後生。

話說，由於他對學測考試的過度輕忽，再加上術科的演奏分數不夠高，考完學測後，竟沒有大學可以就讀！殘忍的現實壓迫，讓他只好拚命衝刺指考。看著他從早到晚都在準備國文和英文，彷彿重現了當年我衝刺聯考，心中只想著「再考不上，就沒有路走」的情節。

因為他全神貫注的與未來前途交戰，所以這次的考試，我不用再陪考、不需像考高中升學考試時，陪他到桃園考術科，也不用到桃園「撕榜」。在靜待指考結果的期間，Wayne 決定要學德文。他說「如果沒有好的學校，我要出國留學。」聽起來還頗有志氣，看著他湧起的鬥志跟情懷，讓我對這孩子，越來越能夠放心。

由陪伴而生的幸福取代

Wayne 現在是音樂系的學生，每天通勤上課，雖然陪伴的時間不再像是過往兒時的密集和全程參與，我們的生活裡依舊有著彼此的身影。而且，開始有同學到家裡玩，有更多人進入 Wayne 的生命軌跡，一起探索著陌生五線譜。多年後我們的生活不再充斥著無限的焦慮，不再像小提琴初學者讓人髮指的拉弦聲，而是被細小瑣碎、由陪伴而生的幸福取代與淡化。

長大後的他，現在和我一起走在路上，他仍會讓我抓著他的手，一面提醒我路上的狀況，排除眼前的坑坑洞洞。我們也會一起吃飯、逛街、買衣服。父子生活互相交錯重疊，我也開始可以品味出生活這樂章的樂趣。

回到政治的單身海馬爸爸

重新回歸職場，和柯文哲市長一起完成二〇一四年的市長選戰，這應該是我人生中非常奇妙的經驗，因為他經常把「亞斯伯格症」掛在嘴邊。站在近距離觀察這位長大的「亞斯伯格症」，洞察他將自己放在最世俗的環境的適應與變化。當時有著陪伴亞斯小孩十四年扎實經驗的我，自然相對他人得心應手，更有所悟。

選舉特別講究人際互動，可是這位「亞斯候選人」講話時、握手時都不會看著對方、不會去特別記人名，好像也記不得人臉。柯 P 總是用很快的速度吃完飯，然後，看著大家邊吃飯、邊聊天。

雖然，他對於台灣的政治環境、選舉文化不陌生。但每當他在談論選情時，就好像在診斷病人、分析病情。看著他跑行程、演說和支持者合照，我總感覺，柯P更像是一位「認真好學」的學生，演練複雜的數學考題。

有時候，柯P好像把自己抽離出煩躁的政治情境，觀察自己和別人的互動。偶爾，他會出現誇張的「表情」、講出不按牌理出牌的「驚人之語」，放出測試彈後，他就冷靜旁觀著在場人士的反應。在選舉期間，不管他是因為「亞斯伯格症」，還是有著更深的政治算計，柯P就在大眾當中，被認知、被記住，以及被誤解。

「眼盲心不盲」的社群生活

在柯P看到我的時候，經常對我說，這個「眼盲心不盲」的出現了。起初，我只覺得，那是對我的政治建議的一種「讚嘆」。隨著時間累積，我了解到這位「亞斯候選人」變成「亞斯市長」的亞斯政治觀。他很認真地觀察人與人在政治上的互動，傾聽每個利害關係人說與不說的話，思考大家對他的反應，計算著大家的算計。

二〇一四年，應該是我的幸運年吧！

當柯P當選市長，我也就成為商周報導的「神秘五人小組」。一個用數據打贏選戰的團隊，這個神秘的封號，一直伴隨著我，成為柯P連任選舉的競選辦公室主任。

年過半百的我，要理解「社群行為」，還要統計分析「大數據」，推演各種選戰策略、多方面的評估各界反應，外加不知道接下來會發生什麼事情的危機處理。在傳統政治空間、藍綠光譜中，完成「臉書打選戰」的天方夜譚。不過，伴隨著年齡增長，老花眼，使得我的視力再次衰退，加上媒體環境轉變，紙本書籍、報章雜誌已完全消失在我的生活，我的資訊來源僅剩下手機螢幕。

面對視力衰弱的惶恐，加上要完成工作職涯任務的壓力，我只能更加珍惜所有我能掌握到的資訊、也更珍惜我的朋友。我在亞斯兒子、亞斯市長身上的觀察，讓我啟迪了新的人生智慧，因為更加珍惜掌握到的資訊，加上年輕時期的歷練，我能更有餘裕專注辨識每一則訊息，把點滴片段的訊息碎片，組合出迎向勝利的各種可能。

我也更能感受到，手機螢幕傳達到我眼前的訊息，傳出訊息的意義、吶喊，飽含著支持者、反對者，對於改變台灣政治環境的期待。

人生意義的另外一個觀察

除了社會結構性的觀察、趨勢的掌握，陪伴亞斯的經驗，讓我結合過去的經驗，譜出了我自己人生的特色以外。我還想跟讀者分享，重回職場後，歷經高張力與高強度的選戰，對於人際互動的觀察，我有了更深一層的體會，不管是大數據的計算也好、人性與政治之間的算計也罷，現代的人活著，不外乎是對更好生活的追尋。

面對重視的人、服務的客戶、老闆、家人、朋友，從亞斯的觀點，這一切都是理性的觀察與計算。但是，我在這當中領悟到更深一層的意義是，他們「重視」與「在意」的程度，還有設定目標以後的決心。超過平均值的認真與重視，在他人看來或許是異數，在社會化的過程，這或許是亞斯伯格很大的挑戰。

不過，如果要能做好一件事情，盡一切心力的計算與權衡，則構成了「尊重」的基礎與前提。尤其在政治領域中，面對龐雜的人際關係、公共事務等事情，許多概念、觀念與新興理論的構成，都充滿了各種利弊衡量，也都是為了「達成目標」的方式。撇開手段，重新回到人生奮鬥的角度來看，也只是從「重視」到「尊重」的一體兩面。

在年少享受過生活、人生轉折遭受重大的打擊，卻也在路途上得到生命中最美好的陪伴。在重回職場後與柯P相遇，重新回到了時代的另一個浪尖上。這一切都讓我更加的體會到，所謂「尊重」，其實是把每次認真細膩的觀察，列整成問題，在內心反覆思量後的積累。

亞斯伯格人，不見得在每件事情上都做得很好，但這方面他們展露出來的坦承與認真，絕對值得好好學習。

生命中的美好陪伴

看不見的單親爸爸與亞斯伯格兒子

【增訂版】

作　　者：黃建興
插　　畫：邱顯洵、黃之元
企劃整稿：顏惟親
美術設計：好春設計 陳佩綺
圖文整合：洪祥閔

總 編 輯：蔡幼華
主　　編：黃信瑜
責任編輯：陳昕儀、何喬
編輯顧問：洪美華

出　　版：新自然主義
　　　　　幸福綠光股份有限公司
地　　址：台北市杭州南路一段 63 號 9 樓
電　　話：(02)23925338
傳　　真：(02)23925380
網　　址：www.thirdnature.com.tw
E-mail： reader@thirdnature.com.tw
印　　製：中原造像股份有限公司
初　　版：2014 年 9 月
二版 1 刷：2019 年 7 月
郵撥帳號：50130123 幸福綠光股份有限公司
定　　價：新台幣 300 元（平裝）

本書如有缺頁、破損、倒裝，請寄回更換。
ISBN 978-957-9528-56-6

總經銷：聯合發行股份有限公司
新北市新店區寶橋路 235 巷 6 弄 6 號 2 樓
電話：(02)29178022 傳真：(02)29156275

國家圖書館出版品預行編目資料

生命中的美好陪伴 / 黃建興著 . -- 2 版 . -- 臺北市 :
新自然主義 , 幸福綠光 , 2019.07
面 ;　公分
ISBN 978-957-9528-56-6(平裝)

863.55　　108011183

生命中的美好陪伴